2006.1.7.

吳培

購于誠品信義店.

青衣

畢飛宇 著

麥田小說　37

青衣

作者　畢飛宇
編輯委員　王德威 詹宏志 陳雨航
責任編輯　胡金倫

發行人　涂玉雲
出版　麥田出版
台北市信義路二段 213 號 11 樓
電話：886-2-23517776　傳真:886-2-23519179
發行　城邦文化事業股份有限公司
台北市信義路二段 213 號 11 樓
電話：886-2-23965698　傳真:886-2-23570954
網址：www.cite.com.tw
e-mail：service@cite.com.tw
郵撥帳號：18966004
香港發行所　城邦（香港）出版集團有限公司
香港北角英皇道 310 號雲華大廈 4／F，504 室
電話：2508-6231　傳真：2578-9337
馬新發行所　城邦（馬新）出版集團有限公司
Cite (M) Sdn. Bhd.(458372 U)
11, Jalan 30D/146, Desa Tasik, Sungai Besi,
57000 Kuala Lumpur, Malaysia.
電話：603-90563833　傳真：603-90562833
e-mail：citek1@cite.com.tw
印刷　凌晨企業有限公司
初版一刷 2003 年 1 月 1 日

ISBN 986-7782-07-0
售價：220 元　Printed in Taiwan

序／畢飛宇與乒乓球的關係

蘇童

畢飛宇其實只次我一歲，但一直很冤枉也很幸運地被譽為新生代作家，本人便也很冤枉也很幸運地成為畢飛宇叔叔輩的人物了。如此，便要親切和藹地給他作序，是光榮的任務，也是艱巨的任務。

畢飛宇外形酷似短跑運動員（有嫉妒這種體型的人說這也是外來民工的體型嘛），畢飛宇的眉眼之間天生鎖著一片凝重的思想之雲（有刻薄的說法卻堅持那是他鬧胃病鬧的）畢飛宇打撲克的時候以數學家和邏輯學家的雙重敬業態度對待每一張牌，人人都真誠地誇他牌藝，卻不忍心指出一個令人掃興的事實，他總是在輸。

但是在牌局以外畢飛宇總是在贏。畢飛宇靠他的作品在贏，從〈哺乳期的女人〉到〈青衣〉，再到去年的〈玉米〉和〈玉秀〉。最近幾年畢飛宇在大陸文壇聲譽日隆，不借助於任何炒作，不借助於影視的聯動效應，成了文化記者們喜歡說的那種「實力派」，也便「執獎執到手酸」。我的印象中畢飛宇每年都要到這裡那裡的去領獎，他的名字幾乎一直光榮而狡黠地在各種排行榜和獲獎名單中微笑著，而且用南京話表達著自己對榮耀與成功的態度：多（此處發第四聲）大的事！

回頭研究畢飛宇小說的奧祕，不知怎麼想到了此君平素熱愛的乒乓球。他的小說是極其講究發球、線路和落點的，目的在於打讀者一個措手不及，就像〈哺乳期的女人〉，如果不是因為篇名有泄露機密之嫌，讀者們萬萬想不到「孩子」會撲向哺乳期女人豐產的乳房，這飛來石一般的「賽末點」一擊，一下讓我們對乳房「童年」異化和工業文明之間錯綜複雜的關係有了驚心的認識。同時我們也可以清楚地看到畢飛宇落筆的野心似乎在於通過小巧的入口摸到一個「宏大敘事」的主題。

最近的〈玉米〉廣受好評，這是我讀過的畢飛宇小說中寫得最像一場相持球的作品，人已離開球台，揮拍回合多，弧線簡潔流暢，大刀闊斧卻又行雲流水。通過一個鄉村女孩子的艱難坎坷的婚配故事觸及到「性與權力」這個誘人而不易表達的命題，筆觸逍遙放鬆，卻有直搗黃龍之勢，那個最後娶了玉米的縣幹部對人與事物的最高評價是「很好」。其實直搗黃龍之勢，那麼最後娶了玉米的縣幹部對人與事物的最高評價是「很好」。其實不是他嘴笨嘴懶，這「很好」說得是很蒼涼的，玉米很好，性很好，權力很好，由此造就的悲劇（我們這些非當事人的觀點）看上去很好，從玉米（悲劇受害者）一方看其實也很好——這麼寫真的是「很好」了。

我讀畢飛宇的小說經常感覺到他貓著腰「運著氣要往上跳的那種呼吸，有時這讓人對他的下文充滿期待，有時會令他的文字稍嫌緊張，這只是我個人的感覺而已，所有優秀的小說不是飛流直下便是向空中跳躍的，在畢飛宇習慣的有限的並不宏大的篇幅中，他以彈跳力和技巧跳起來，觸摸宏大的小說主題，讓人聽見了那啪的一聲擊打。我認為這是畢飛宇創作的特別之處，也是精華之處，同時也是令他日益憔悴之處。

目次

青衣

青衣

一

喬炳璋參加這次宴會完全是一筆糊塗帳。宴會都進行到一半了，他才知道對面坐著的是菸廠的老闆。喬炳璋是一個傲慢的人，而菸廠的老闆更傲慢，所以他們的眼睛幾乎沒有好好對視過。後來有人問「喬團長」，這些年還上不上台了？炳璋搖了搖頭，大夥兒才知道「喬團長」原來就是劇團裡著名的老生喬炳璋，八〇年代初期紅過好一陣子的，半導體裡一天到晚都是他的唱腔。大夥兒就向他敬酒，開玩笑說，現在的演員臉蛋比名字出名，名字比嗓子出名，喬團長沒趕上。喬團長很好聽地笑了笑。這時候對面的胖大個子衝著喬炳璋說話了，說：「你們劇團有個叫筱燕秋的吧？」又高又胖的菸廠老闆擔心喬炳璋不知道筱燕秋，補充說「一九七九年在《奔月》中演過嫦娥的。」喬炳璋放下酒杯，閉上眼睛，緩慢地抬起眼皮，說：「有的。」老闆不傲慢了，他把喬炳璋身邊的客人哄到自己的座位上去，坐到喬炳璋的身邊，右手搭到喬炳璋的肩膀上，說：「都快二十年了，怎麼沒她的動靜？」喬炳璋一臉的矜持，解釋說：「這些年戲劇不景氣，筱燕秋女士主要從事教學工作。」菸廠老闆一聽這話直著腰杆子反問說：「什麼景氣？你說說什麼景氣？關鍵是錢。」老闆向喬炳璋送出他的大下巴，莫名其妙地頒布了他的命令，說：「讓她唱。」喬炳璋的臉上帶上了狐疑的顏色，試探性地說：「聽老闆的意思，老闆想為我們搭台囉？」老闆的臉上重又傲慢了，他一傲慢臉上就掛上了偉人的神情。老闆說：「讓她唱。」喬炳璋對小姐招招手，讓她給自己換上白酒。炳璋捏著酒杯站起身，說：「老闆可是開玩笑？」老闆不僅傲慢，還嚴肅，一嚴肅就像作報告。老闆說：「我們廠沒別的，錢還有幾個。——你可不要以為我們光會賺錢，光會危害人民的身體健康，我們也要建設精神文明。乾了。」老闆沒有起立，喬炳璋卻弓著腰站起來了。他用酒杯的沿口往老闆酒杯的腰部撞了一下，仰起了脖子。酒到杯子，喬炳璋激動了。人一激動就顧不上自己的低三下四。喬炳璋連聲說：「今天撞上菩薩了，撞上菩薩了。」

《奔月》是劇團身上的一塊疤。其實《奔月》的劇本早在一九五八年就寫成了，是上級領導作為一項政治任務交待給劇團的。他們打算在一年之後把《奔月》送到北京，獻給共和國十週歲的生日。可是，公演之前一位將軍看了內部演出，顯得很不高興。他說：「江山如此多嬌，我們的女青年為什麼要往月球上跑？」這句話把劇團領導的眼睛都說綠了，渾身豎起了雞皮疙瘩。《奔月》當即下馬。

嚴格地說，後來的《奔月》是被筱燕秋唱紅的，當然，《奔月》反過來又照亮了筱燕秋。戲運帶動人運，人運帶動戲運，戲台本來就是這麼回事。不過這已經是一九七九年的事了。一九七九年的筱燕秋年方十九，正是劇團上下一致看好的新秀。十九歲的燕秋天生就是一個古典的怨婦，她的運眼、行腔、吐字，歸音和甩動的水袖瀰漫著一股先天的悲劇性，對著上下五千年怨天尤人，除了青山隱隱，就是此恨悠悠。說起來十五歲那年筱燕秋還在《紅燈記》中客串過一次李鐵梅的，她高舉著紅燈站立在李奶奶的身邊，沒有一點錚錚鐵骨，沒有一點「打不盡豺狼決不下戰場」的霹靂殺氣，反倒秋風秋雨愁煞人了。氣得團長衝著導演大罵，誰把這個狐狸精弄來了⁉

但到了一九七九年，《奔月》第二次上馬了。試妝的時候筱燕秋的第一聲導板就贏來了全場肅靜。重新回到劇團的老團長遠遠地打量著筱燕秋，嘟噥說：「這孩子，黃蓮投進了苦膽胎，命中就有兩根青衣的水袖。」

老團長是坐過科班的舊藝人，他的話一言九鼎。十九歲的筱燕秋立馬變成了A檔嫦娥。B檔不是別人，正是當紅青衣李雪芬。李雪芬在幾年前的《杜鵑山》中成功地扮演過女英雄柯湘，稱得上紅極一時。但是，在A檔在B檔這個問題上，李雪芬表現出了一位成功演員的得體與大度。李雪芬在大會上說：「為了劇團的明天，我願意做好傳幫帶，我願意把我的舞台經驗無私地傳授給筱燕秋同志，做一個合格的接力棒。」筱燕秋眼淚汪汪地和同志們一起鼓了掌。《奔月》被筱燕秋唱紅了。劇組在各地巡迴演出，《奔月》成了全省戲劇舞台上最轟動的話題。所到之處，老戲迷撫今追昔，青年人則大談古代的服裝。全省的文藝舞台「和其他各條戰線一樣」，迎來了他們的「第二個春天」。《奔月》唱紅了，和《奔月》一樣躥紅的當然是當代嫦娥筱燕秋。軍區著名的將軍書法家一看完《奔月》就豪情迸發，他用蒼松翠柏般的遒勁魏體改換了葉劍英元帥的偉大詩篇：「攻城不怕堅，攻戲莫畏難，梨園有險阻，苦戰能過關。」下面是一行行書落款：「與燕秋小同志共勉」。將軍書法家把筱燕秋叫到了家中，他在撫今追昔之後親自將一條橫幅送到了筱燕秋的手上。

誰能料得到「燕秋水同志」會自毀前程呢。事後有老藝人說，《奔月》這齣戲其實不該上。一個人有一個人的命，一齣戲有一齣戲的命。《奔月》陰氣過重，即使上，也得配一個銅錘花臉壓一壓，這樣才守得住。后羿怎麼說也應當是花臉戲，鬚生怎麼行？就是到兄弟劇團去借也得借一個。否則劇組怎麼會出那麼大的亂子，否則筱燕秋怎麼會做那樣的事？

《奔月》劇組到坦克師慰問演出是一個冰天雪地的日子。這一天李雪芬要求登台。事實上，李雪芬的要求不過分。她畢竟是嫦娥的B檔。相反，過分的倒是筱燕秋。《奔月》公演以來，筱燕秋就一直霸著氍毯，一場都沒有讓過。嫦娥的唱腔那麼多，我那麼重，筱燕秋總是說自己「年輕」，「沒問題」，「青衣又不是刀馬旦」，「吃得消的」。其實大夥兒早就看出來了，悶不吭聲的筱燕秋心氣實在是太旺了，有吃獨食的意思。這孩子的名利心開始膨脹了，想著法子橫在李雪芬的面前。可是誰也沒法說，領導一找她，她漂亮的小臉就成了豬肝。筱燕秋沒心沒肺，就有豬肝，她是做得出來的。領導們只能反過來給李雪芬做工作，讓她「多指點指點年輕人」，「多扶持扶持年輕人」。可是李雪芬這一次的理由很充分，李雪芬說，她演《杜鵑山》的時候就經常下部隊，今天上午還有很多戰士衝著她喊「柯湘」呢，她在部隊有觀眾基礎，她不上台，「戰士們不答應」。

李雪芬在這個晚上征服了坦克師的所有官兵，他們從嫦娥的身上看到了當年柯湘的影子，當年的柯湘頭戴八角帽，一雙草鞋，一把手槍，威風凜凜的。而今夜的柯湘卻穿起了古裝。李雪芬嗓音高亢，音質脆亮，激情奔放，這種高亢與奔放經過十多年的鞏固與發展，業已構成了李雪芬獨特的表演風格，即李派唱腔。基於此，李雪芬在舞台上曾經成功地塑造過一連串的巾幗豪傑，透過李雪芬的一招一式，觀眾們可以看到女戰士慷慨赴死，女民兵英姿颯爽，女知青豪情衝天，女支書鬚眉不讓。李雪芬在這個晚上重點展示了她的高亢嗓音，戰士們有組織地給她鼓掌，掌聲整齊而又有力，使人想起接受檢閱的正步方陣。沒有人注意到筱燕秋。其實戲演到一半，筱燕秋已經披著軍大衣來到舞台了，一個人站立在大幕的內側，冷冷地注視著舞台上的李雪芬。誰都沒有注意到筱燕秋，誰都沒有發現筱燕秋的臉色有多難看。厄運在這個時候其實已經降臨了，它籠罩著筱燕秋，同時也籠罩著李雪芬。《奔月》演完了。五次謝幕之後，李雪芬來到了後台，臉上洋溢著一股難以掩抑的飛揚神采。李雪芬就是在這個時候和筱燕秋在後台相遇了，面對面。一個熱氣騰騰，一個寒風颼颼。李雪芬一看見筱燕秋的臉色便主動迎了上去，左手拉著筱燕秋的右手，右手拉著筱燕秋的左手，說：「燕秋，都看了？」筱燕秋說：「看了。」李雪芬說：「還行吧？」筱燕秋卻不開口。說話的工夫許多人已經走上來了，圍在了她們的四周。李雪芬掀掉肩膀上的軍大衣，說：「燕秋，我正想和你商量呢，你看看這樣，這樣，這句唱腔我們這樣處理是不是更深刻一些，哎，這樣。」李雪芬這麼說著，手指已經翹成了蘭花狀，一挑眉毛，兀自唱了起來。藝人們都是知道的，同行是冤家，即使是師傅傳藝，「寧教一聲腔，不教一個字，寧教一個字，不教一口氣」。可是李雪芬不。她把李派唱腔的一字一氣毫無保留地演示給了筱燕秋。筱燕秋不聲不響，只是望著李雪芬。人們站立在李雪芬和筱燕秋的四周，默默地看著劇團裡的兩代青衣，一個德藝雙馨，一個謙虛好學，許多人都看到了這個令人感慨的一幕，這個令人心寬的一幕。但是筱燕秋的眼神很快就出了問題了，是那種極為不屑的樣子。所有的人都看得出，燕秋這孩子的心氣實在是太旺了，心裡頭不謙虛就算了，連目光都不謙虛了。李雪芬卻渾然不覺，演示完了，李雪芬對著筱燕秋探討性地說：「你看，這樣，這才是舊社會的勞動婦女。我們這樣處理，是不是好多了？」筱燕秋一直瞅著李雪芬，臉上的表情有些說不上來路。「挺好，」筱燕秋打斷了李雪芬，笑著說，「只不過你今天忘了兩樣行頭。」李雪芬一聽這話就把雙手捂在身上，又捂到頭上去，慌忙說：「我忘了什麼了？」筱燕秋停了好大一會兒，說：「一雙草鞋，一把手槍。」大夥兒愣了一下，但隨即就和李雪芬一起明白過來了，燕秋這孩子真是過分了，眼裡不謙虛就不謙虛吧，怎麼說嘴上也不該不謙虛的！筱燕秋微笑著望著李雪芬，看著熱氣騰騰的李雪芬一點一點地涼下去。李雪芬突然大聲說：「你呢？你演的嫦娥算什麼？喪門星，狐狸精，整個一花痴！關在月亮裡頭賣不出去的貨！」李雪芬的腳尖一踮一踮的，再一次熱氣騰騰了。這一回一點一點涼下去的卻是筱燕秋。筱燕秋似乎被什麼東西擊中了，鼻孔裡吹的是北風，眼睛裡飄的卻是雪花。這時候一位劇務端過來一杯開水，打算給李雪芬焐焐手。筱燕秋順手接過劇務手上的搪瓷杯，「呼」地一下澆在了李雪芬的臉上。

後台立即變成了捅開的馬蜂窩。筱燕秋愣在原處，看著無序的身影在自己的面前急速穿梭，耳朵裡充斥著慌亂的腳步聲。腳步聲轟隆轟隆的，從後台移向了過道，從過道移向了遠處，最後變成了遠處汽車的馬達聲。眨眼的工夫後台就空蕩蕩的了，而過道更空蕩，像通往月亮的路。筱燕秋站立在原處，愣了好大一會兒，沿著寂靜的過道拐進了化妝間。筱燕秋站在鏡子面前，吃驚地盯著鏡子裡的自己。直到這個時候筱燕秋才弄明白自己到底幹了什麼。她失神地望著自己的雙手，一屁股坐在化妝間的凳子上。

保溫杯裡的水到底有多燙，這個問題已經沒有任何意義了。事情的「性質」永遠決定著事態的嚴峻程度。一心扶持筱燕秋的老團長氣得晃起了腦袋，他把中指與食指併在一處，對著筱燕秋的鼻尖晃了十來下。老團長說：「你，你，你，你你你你你呀——啊！」老團長急得都不會說話了，就會背戲文，「喪盡天良本不該，名利熏心你毀就毀在妒良才！」

「不是這樣的。」筱燕秋說。

「又是哪樣？」

「不是這樣的。」筱燕秋淚汪汪地說。

老團長一拍桌子，說：「又是哪樣？」

筱燕秋說：「真的不是這樣的。」

筱燕秋離開了舞台。嫦娥的A角調到戲校任教去了，而B角則躺在醫院不出來。《奔月》第二次熄火。「初放蕊即遭霜雪摧，二度梅卻被冰雹擂。」《奔月》沒那個命。

二

誰能想到《奔月》會遇上菩薩呢。

啟動資金終於到賬了。這些日子炳璋一直心事重重。他在等。沒有菸廠的啟動資金，

《奔月》只能是水中月。其實炳璋只等了十一天，可是炳璋就好像熬過了一個漫長的歲月。等錢的日子裡炳璋發現，錢不只是數量，還是時光的長度。這年頭錢這東西越來越古怪了。

但是，炳璋沒有料到反對筱燕秋重新登台的力量如此巨大，預備會在筱燕秋能不能登台這個問題上僵持住了。炳璋把玩著手上的圓珠筆，一直在聽。後來他把手上的圓珠筆丟到會議桌的桌面上，上身靠在了椅背。炳璋笑了笑，說：「你們還是讓步吧，人家可是點了筱燕秋的名的。這年頭給錢讓步，不丟臉。」會議室裡一片沉默。人們不說話。不說話雖說還是反對，但通融的餘地肯定就大了。幸虧李雪芬離開劇團開飯店去了，要不然，李派唱腔的高亢嗓音炳璋現在可是招架不住的。大夥兒繼續沉默，不說是，也不說否。但無聲有時就是默許。炳璋順勢利導，很含糊地說：「我看就這樣了吧。」

然而，誰擔綱B檔，問題又來了。對一個演員來說，給當紅演員做B檔，本來就是一個寒磣人的角色，更何況又是筱燕秋的B檔呢。還是老高出了一個好主意，B檔讓筱燕秋自己在學生裡頭挑。筱燕秋忌妒心再重，再名欲熏心、利欲熏心，總不能和自己的弟子爭風。大家都說好。可是老高接下來的一句話讓炳璋心裡不踏實了。老高說：「我看你們都白說，二十年過去了，筱燕秋也四十歲的人了，她的嗓子還能不能扛得住？我看玄。」這句話讓炳璋覺得自己真的疏忽了，怎麼就沒有想到這個？畢竟是二十年哪。二十年，什麼樣的好鋼不給你鏽成渣？炳璋偷偷地嘆了一口氣。會議開來開去，在筱燕秋一個人的身上就糾纏了將近兩個小時。這哪裡是籌備?簡直是回顧歷史。沒錢的時候想錢,錢來了卻不知道怎麼花。錢這東西不只是時光的長度,還有歷史的臉色。錢這東西現在實在是太古怪了。

炳璋想聽筱燕秋溜溜嗓子,這是必須的要不然,菸廠的錢再多,還不如拿來卷鞭炮去放響呢。筱燕秋依照約定的時間來到會議室,剛一落座,炳璋發現自己又冒失了。很空的會議室裡頭只有他們兩個,炳璋坐在這頭,筱燕秋坐在那頭,中間隔了一張長長的橢圓桌,有些公事公辦的意味。筱燕秋胖了,人卻冷得很,像一台空調,涼颼颼地只會放冷氣。炳璋打算先和筱燕秋談一談《奔月》的,可《奔月》是筱燕秋永遠的痛,炳璋越發不知道從哪兒開口了。

炳璋有幾份懼怕筱燕秋。要是細說起來,炳璋比筱燕秋還大出一個輩分,不過筱燕秋的脾氣戲校裡頭可是有名的。這個女人平時軟綿綿的,一舉一動都有些逆來順受的意思,有點像水。但是,你要是一不小心冒犯了她,眨眼的工夫她就有可能結成了冰,寒光閃閃的,用一種愚蠢而又突發性的行為衝著你玉碎。所以戲校食堂裡的師傅們都說,「吃油要吃色拉油,說話別找筱燕秋」。炳璋不知道怎麼和筱燕秋挑開話題,就開始和筱燕秋繞。一會兒聊她的生活,一會兒聊她的教學、學生,還扯到了天氣。有些前言不搭後語。東扯西拽了幾分鐘,筱燕秋悶頭悶腦地說:「你到底想和我說什麼?」炳璋被堵住了,心裡頭一急,脫口說:「你亮個相吧。」筱燕秋望著炳璋,把兩隻胳膊放到桌面上來,抱成了一個半圓,卻又看不出任何風吹草動。筱燕秋毫無表情地望著炳璋，突然說：「想聽什麼？是西皮〈飛天〉還是二簧〈廣寒宮〉？」〈飛天〉和〈廣寒宮〉是《奔月》裡著名的唱腔選段，筱燕秋因為《奔月》倒了二十年的楣，這刻兒主動把話題扯到《奔月》上去，無疑就有了一種挑釁的意思，有了一種子彈上膛的意思。炳璋本能地直了直上身，等著筱燕秋的唇槍舌劍。不過炳璋手裡有牌，倒也沒有過分擔心。炳璋說：「那就來一段二黃。」筱燕秋站起身，離開座椅，拽了拽上衣的前下襬，又拽了拽上衣的後下襬，把目光放到窗戶的外面去，凝神片刻，開始雲手，運眼，依依呀呀地居然進了戲。她的嗓音還是那樣地根深葉茂。炳璋還沒有來得及詫異，一陣驚喜已經襲上了心頭。一個貪婪而又充滿悔恨的嫦娥已經站立在他的面前了。炳璋閉上眼睛，把右手插進褲子的口袋，翹起了四隻手指頭，慢慢地敲了起來，一個板，三個眼，再一個板，再三個眼。

筱燕秋一口氣唱了十五分鐘，炳璋睜開眼，瞇起來，仔細詳盡地打量起面前的這個女人，這段二簧慢板轉原板轉流水轉高腔有極為複雜的表現難度，音域又那麼寬，一個離開戲台二十年的演員能把它一口氣完成下來，答案只有一個，她一直沒有丟。炳璋歪在椅子裡頭，沒有動。但是，他在暗中唏噓感嘆了一回。二十年，二十年哪。炳璋有些百感交集，對筱燕秋說：「你怎麼一直堅持下來了？」

「堅持什麼？」筱燕秋說，「我還能堅持什麼。」

炳璋說：「二十年，不容易。」

「我沒有堅持，」筱燕秋聽懂炳璋的話了，仰起臉說：「我就是嫦娥。」

筱燕秋從炳璋的辦公室裡出來，人卻恍惚了。這是十月裡的一個日子，一個有風有陽光的日子，像春天。風和陽光都有些明媚，都有些蕩漾，但是恍惚，像夢寢，縈繞在筱燕秋的周遭。筱燕秋踩著自己的身影，就這麼在馬路上游走。後來筱燕秋停下了腳步，迷迷糊糊朝四下打量。筱燕秋低下頭，失神地看著自己的身影。現在正是午後，筱燕秋的影子很短，胖胖的，像一個侏儒。筱燕秋注視著自己的身影，誇張變形的身影臃腫得不成樣子。彷彿潑在地上的一灘水。筱燕秋往前走了幾大步，地上的身影像一個巨大的蛤蟆那樣也往前爬了幾大步。筱燕秋突然凝神了，確信了這樣一個事實：地上的身影才是自己，而自己的身體只是影子的附帶物。人就是這樣，都是在某一個孤獨的剎那突然發現並認清了自己的。筱燕秋的眼神再一次茫然了，傷心與絕望成了十月的風，從一個不確切的地方吹來，又飄到一個不確切的地方去了。

筱燕秋突然決定減肥，立即就減。

在命運出現轉機的時候，女人們習慣於以減肥開啟她們的嶄新人生。筱燕秋叫了一輛紅夏利，直奔人民醫院而去。人民醫院是筱燕秋的傷心之地。這麼多年了，即使在腎臟鬧得最厲害的日子，筱燕秋也沒有到這家醫院就診過一次。她的命運其實就是在人民醫院徹底改變的，或者說，她的內心就是在人民醫院徹底被擊垮的。李雪芬住院的第二天，筱燕秋就被老團長逼到人民醫院來了。李雪芬躺在醫院裡發過話了，只有筱燕秋自我批評的「態度」讓她滿意，她才可以考慮「是不是放她一馬」。老團長一心想保筱燕秋，這一點全團上下都是知道的。老團長親手給筱燕秋寫了一份檢查，讓她到醫院裡念。事態是明擺著的，筱燕秋必須在李雪芬的面前走好這個場，剩下來的話才能往下說。筱燕秋看完檢查書，合起來，急了。她一急就更加愚蠢。筱燕秋拚命地辯解說：「我沒有嫉妒她，我不是故意想毀了她。」老團長盯著筱燕秋，到了這樣的光景這孩子的心氣還這麼旺，老團長的眼睛都氣紅了。就想抽她一耳光，怔了好半天又下不了手。老團長甩開了胳膊，大聲說：「大牢我待過七年，我可不想到那地方去看你！」筱燕秋望著老團長的身影，她從老團長的背影裡頭看清了自己潛在的厄運。

筱燕秋還是到人民醫院去了。李雪芬躺在床上，臉上蒙著一塊很大的白紗布。團裡的領導都在，《奔月》的主創也在，高高矮矮站了一屋子。筱燕秋把兩手扠在小肚子前面，走到李雪芬的床前，耷拉著兩隻眼皮。她看著自己的腳尖，開始罵。她把自己的祖宗八代裡裡外外都罵了一遍，罵成了一灘屎。罵完了，病房裡靜悄悄的，沒有一個人說話，只有李雪芬在紗布的後面乾咳了一聲。氣氛頓時壓抑了。沒有人好說什麼。李雪芬到現在都沒有把筱燕秋告到公安局去，已經算對得起她了。筱燕秋承受不了這樣的壓抑，淚汪汪地四處找人。老團長站在門框的旁邊，對她瞪起了眼睛。筱燕秋沒有退路了，她慢騰騰地從口袋裡掏出檢查書，一層一層地打開來，開始念。筱燕秋像油印打字機那樣，一個字一個字地往外蹦。念完了，所有的人都鬆了一口氣。檢查書的內容最終肯定了檢查者的「態度」。李雪芬把臉上的紗布掀開來，她的臉上紫紅了一大塊，塗著一層油亮亮的膏。李雪芬接過檢查書，拉起筱燕秋的手，笑著說：「燕秋，你還年輕，心胸要寬，可不能再這樣了。」筱燕秋看到了李雪芬的笑。還沒看清，李雪芬卻又把臉蓋上了。筱燕秋感到李雪芬的笑容才是一杯水，並不燙，澆在了筱燕秋的心坎上。「嗞」的一下，筱燕秋如焰的心氣就徹底熄滅了。

筱燕秋走出病房的時候滿天都是大太陽。她走到樓梯口，站在扶手的旁邊停下了腳步，轉過頭來。她看到了老團長如釋重負的嘆息。老團長對她點了點頭。筱燕秋就那麼望著老團長，突然也笑了一下，可是沒能收住。她笑出了聲來，一陣一陣的，兩個肩頭一聳一聳的，像戲台上鬚生或者花臉才有的狂笑。許多人都聽到了筱燕秋出格的動靜，他們從病房裡探出腦袋，一起望著筱燕秋。筱燕秋就知道傻笑，膝蓋一軟，順著樓梯的沿口一頭栽了下去，從四樓一直滾到了三樓半。大夥兒跟下來，筱燕秋趴在水磨石地板上，聽見老團長不停地對眾人說：「態度還是好的，態度還是深刻的。」

都二十年了。筱燕秋掛的是內分泌科，開過藥，筱燕秋特地繞到了後院。二十年了，筱燕秋遠遠地看見了那座病房樓。一些人在那裡進進出出。樓已經不是老樣子了，牆面貼上了馬賽克，但是屋頂、窗戶和過廊一如過去，這一來又似乎還是老樣子。筱燕秋立在那裡，發現生活並不像常人所說的那樣，在伸向未來，而是直指過去。至少，在框架結構上是這樣的。

筱燕秋比平時到家晚了近一個小時，女兒已經趴在餐桌上做作業了。筱燕秋打開門，丈夫正歪在沙發裡頭看電視，電視只有畫面，沒有聲音。筱燕秋提著人民醫院的藥袋，懶懶地倚在了門框上，疲憊地看著自己的丈夫。丈夫從筱燕秋的神情裡頭感到了某些異樣，連忙走上來。筱燕秋把藥袋遞到丈夫的手上，一逕往臥室去，進了臥室就把臥室的門反關上了。丈夫把目光從筱燕秋的身上移到藥袋裡面，疑疑惑惑地掏出藥盒子，反過來復過去地。藥盒子上全是外文，一副看不到底又望不到邊的樣子，這一來事態就進一步嚴峻了。丈夫從藥盒子上預感到了大難，匆忙跟進臥室。剛一進門筱燕秋便撲在了他的身上，胳膊箍在他的脖子，用力往裡收。她的腹部貼在他的腹部，一吸一吸的。他感到了她的努力。她用力忍著，一種強烈而又迅猛的傷慟。丈夫手裡的藥袋掉在了地上，大禍真的臨頭了。丈夫的身體向後退了一步，「咚」的一聲，臥室的門重又關死了。丈夫就那麼擁著自己的妻子，毀滅性的念頭在腦袋裡串來串去。筱燕秋終於開口了，她哭著說：「面瓜，我又上台了。」面瓜似乎沒聽清，撥過筱燕秋的腦袋，用那種僥倖的和將信將疑的目光再一次打量妻子。筱燕秋說：「我又能上台了。」面瓜一把把筱燕秋推開了，驚魂未定，脫口說：「至於嘛，你！弄成這樣！」

筱燕秋有些不好意思，瞥了一眼面瓜，笑了笑，卻不停地掉淚，自語說：「我就是難過。」面瓜打開門，準備給妻子熱晚飯，女兒卻怯生生地堵在房門口。面瓜逃出了假想中的劫難，骨頭都輕了，故意拉下臉來，粗聲惡氣地說：「做作業去！」

筱燕秋把面瓜拉住了，對女兒招了招手，示意女兒過來。她讓女兒坐到自己的身邊，端詳起自己的女兒。女兒一點都不像自己，骨骼大得要命，方方正正的，全像她老子。但是筱燕秋今天晚上覺得自己的女兒特別地耐看，細細地推敲起來還是像自己，只是放大了一號。面瓜又要上廚房，筱燕秋說：「你不要做，我要減肥。」面瓜站在臥室的門口，不解地說：「你肥什麼？我什麼時候說你肥了。」筱燕秋把巴掌放到女兒的頭頂上去，說：「你不嫌我肥，觀眾可不承認嫦娥是個胖婆娘。」

幸運的夫妻最急著要做的事情就是命令孩子上床。等孩子入睡了，他們好回到自己的床上，開始他們的慶典。幸福的夜晚都是寧靜似水的，但又是轟轟烈烈的。這個夜晚實在讓面瓜喜出望外，他上上下下地忙，裡裡外外地忙，進進出出地忙。都不知道怎麼好了。

面瓜是一個交通觀察，從部隊上下來的，五大三粗，就是不活絡。說起婚姻，面瓜最大的願望也就是娶上一位國營企業的正式女工。面瓜做夢也沒有想到著名的美人嫦娥會成為自己的老婆。真的像一個夢。

面瓜的婚姻算得上一樁老式婚姻，沒有一絲一毫的新鮮花樣。先是由介紹人在公園的一棵柳樹下面介紹他們認識了。接下來便是「談」。「談」了一些日子，匆匆便步入了洞房。

這時的筱燕秋絕對是一個冰美人。她在公園鵝卵石的路面上不像一個行人，而更像一個夢遊者，一個失魂的走屍。不過女人的落魄不僅沒有妨礙女人的美麗，反而讓她們炫目起來了。對於年輕而又漂亮的女人來說，落魄會賦予她們額外的魅力，在體貌的姣好之外，附帶上一種氣息的美，——那種讓人怦然心動的、招人憐愛的異質。面瓜一見到筱燕秋兩隻手就涼了，心口也涼了。筱燕秋一身寒氣，凜凜的，像一塊冰，要不像一塊玻璃。面瓜頓時就自慚形穢了。面瓜甚至在暗中抱怨起介紹人來了，再怎麼說他面瓜也配不上這樣亮晶晶的美人的。面瓜小心翼翼地陪著筱燕秋沿著鵝卵石的路面往前走，筱燕秋不說話，面瓜就更不敢說了。最初的那些日子面瓜不是「談」戀愛，簡直是受罪。然而，這份罪受起來又有一份說不出來頭的甜蜜。筱燕秋還是那麼凜凜的，魂不守舍的，瞳孔裡虛散著目光的。面瓜起初以為筱燕秋看不上他，可是又不像。只要面瓜約她，筱燕秋總是會病歪歪地準時到達的。面瓜一點都不知道筱燕秋現在的心思，筱燕秋中了邪了，她鐵定了心思一心要把自己嫁出去，越快越好。但是筱燕秋卻又不好好「談」。她不說話，就知道和面瓜一起走。面瓜在筱燕秋的面前自卑得要了命，一點想像力都沒有了。他反反復復地把筱燕秋約到公園的那條鵝卵石路上去，——既然他們是在那兒認識的，他們的「戀愛」就只能和必須在那兒「談」了。筱燕秋從來不問心思以外的事，她只是面瓜的影子。面瓜怎麼走她怎麼走，面瓜往哪兒走她往哪兒走。其實面瓜也不知道往哪兒走，但是第一次既然那麼走了，第二次當然也那樣走。以此類推。他們每一次都走相同的路，以同樣的方向向同樣的地方走去，在同一個地方拐彎，在同一個地方休息，走完了，在同一個地方分手。然後，面瓜說同樣的話，約好下一次見面的時間。局面的改變起源於一次意外。那一天筱燕秋的鞋後跟意外地在鵝卵石的路面上崴了一下，忽然一下倒在了地上。在此以前筱燕秋一直斜著頭，看著天上的月亮。她的鞋跟一定踩到了鵝卵石路上的罅隙，腳踝迅速地朝外一撇，說倒就倒下去了。面瓜的臉色嚇得比月光還要白。面瓜天生的慢性子，是那種火上了頭頂也能夠不緊不慢地邁動四方步的男人。面瓜亂了。面瓜在手忙腳亂的時候愈發不知所措。他慌慌張張地把筱燕秋送進醫院，慌慌張張地把筱燕秋送到了家中。筱燕秋的腳踝腫起來了，青紫了一大塊，肘部也蹭掉了一塊皮。

筱燕秋對自己的受傷一點都沒有在意。受傷的似乎是別人，她只不過是一個旁觀者，偶然看見的罷了。她那種事不關己的樣子使你相信，即使有人把她的腦袋砍下來，放在了桌面上，她也能鎮定自若的，不慌不忙地眨巴她的眼睛。

疼的是面瓜。面瓜在疼。面瓜望著筱燕秋的腳脖子，不敢看筱燕秋的眼睛。後來他到底偷看了一眼筱燕秋，目光立即又避開了。面瓜說：「還疼麼？」面瓜的聲音很小，但是筱燕秋聽見了。筱燕秋不是一塊玻璃，而是一塊冰。只是一冰塊。此時此刻，她可以在冰天雪地之中紋絲不動，然而，最承受不得的恰恰是溫暖。即使是巴掌裡的那麼一丁點餘溫也足以使她全線崩潰、徹底消融。面瓜木頭木腦的，痛心地說：「我們還是別談了吧，我把你摔成這種樣子。」筱燕秋冷冷地望著面瓜，面瓜木頭木腦的，扯不上邊地胡亂自責。可胡亂的自責不是憐香惜玉又是什麼？筱燕秋的心潮突然就是一陣起伏，洶湧起來了，所有的傷心一起汪了開來。堅硬的冰塊一點一點地、卻又是迅猛無比地崩潰了、融化了。收都來不及收。不能自己。不可挽回。她一把拉住面瓜的手，她想叫面瓜的名字，但是沒有能夠，筱燕秋已經失聲痛哭了。她拚了命地哭，聲音那麼大，那麼響，全然不顧了臉面。面瓜嚇得想逃，沒能逃掉。筱燕秋死死地拽住了面瓜，面瓜沒有能夠逃掉。

筱燕秋和面瓜都沒有意識到這一次大哭對他們來說意味著什麼。在某種時候，女人為誰而哭，她就為誰而生。

戲校的筱燕秋老師匆匆忙忙把自己嫁了出去。筱燕秋置身於大海，面瓜是她唯一的獨木舟。在筱燕秋看來，這樁婚姻過了此村就再無此店了。面瓜是令人滿意的，是那種典型的過日子的男人，顧家、安穩、體貼、耐苦，還有那麼一點自私。筱燕秋還圖什麼？不就是一個過日子的男人麼？面瓜唯一的缺點就是床上貪了些，有點像貪食的孩子，不吃到彎不下腰是不肯離開餐桌的。不過這又算什麼缺點呢？筱燕秋只是有點弄不明白，床上就那麼一點事，每次也就是那麼幾個動作，又有什麼意思？面瓜哪裡來的那麼大興致，每一次都像吃苦，把自己累成那樣。但是面瓜是疼老婆的，他在一次房事過後這樣肉麻地對老婆說：「只要沒有女兒，你就是我的女兒。」面瓜的這句呆話讓筱燕秋足足想了一個多星期。床上的事筱燕秋不太喜歡做，想起來有時候反而倒是蠻好的。

這個晚上是筱燕秋命令女兒上床的。面瓜從妻子垂掛著的睫毛上猜到了這個晚上精彩的壓軸戲。結婚這麼多年了，每一次做愛都是面瓜巴結著筱燕秋，都是面瓜死皮賴臉的，今天的光景還是頭一次。筱燕秋在女兒的床邊輕聲喊了一聲女兒，女兒那邊沒有了動靜。面瓜站在客廳裡頭就高興，又是轉圈，又是搓手。後來筱燕秋回到了自己的臥室，默默地脫光了，鑽進了被窩。再後來筱燕秋從被窩裡伸出了一隻胳膊，五根手指掛在那兒。筱燕秋對面瓜說：「面瓜，來。」

這個晚上的筱燕秋近乎浪蕩。她積極而又努力，甚至還有點奉承。她像盛夏狂風中的芭蕉，舒張開來了，鋪展開來了，恣意地翻卷、顛簸。筱燕秋不停地說話，好些話說得都過分了，又不敢大聲，一字一句都通了電。她急促地換氣，緊貼著面瓜的耳邊，痛苦地請求：「要喊，面瓜。我想喊，面瓜。」筱燕秋像換了一個人，陌生了。這是好日子真正開始的徵候。面瓜心花怒放，心旌搖蕩，忘乎所以。面瓜瘋了，而筱燕秋更瘋。

三

炳璋算過一筆帳，決定從啟動資金裡拿出一部分來請菸廠老闆一次客。要想把這頓飯吃得像個樣，費用雖說不會低，這筆費用也許還能從菸廠那邊補回來的。現在，關鍵中的關鍵是必須讓老闆開心。他開心了，劇團才能開心。過去的工作重點是把領導哄高興了，如今呢，光有這一條就不夠了。作為一個劇團的當家人，一手撓領導的癢，一手撓老闆的癢，這才稱得上兩手都要抓。把老闆請來，再把頭頭腦腦地請來，順便叫幾個記者，事情就有個開頭的樣子了。人多了也好，熱鬧。只要有一盆好底料，七葷八素全可以往火鍋裡倒。革命不是請客吃飯，對的。炳璋不想革命，就想辦事。辦事還真的是請客吃飯。

菸廠的老闆成了這次宴請的中心。這樣的人天生就是中心。炳璋整個晚上都賠著笑，有幾次實在是笑累了，炳璋特意到衛生間裡頭歇了一會兒。他用巴掌把自己的顴骨那一塊揉了又揉，免得太僵硬，弄得跟假笑似的。賣東西要打假，笑容和表情同樣要打假。這可不是鬧著玩的。

炳璋原以為啟動資金到賬之後他能夠輕鬆一點的，相反，炳璋更緊張、更焦慮了。這麼多年了，劇團沒法上戲，一直乾耗著，說過來居然也過來了。劇團不是美術家協會，不是作家協會，那些協會裡的人老了，一個人待在家裡，寫幾塊招牌，畫幾根臘梅、幾串葡萄，再不就到晚報上罵罵人，翹胳膊抬腿都有銀子跟著來。一句話，那些人都是越老越值錢的。劇團不一樣，再好的演員一個人待在家裡也唱不來一台戲。當然了，為住房和職稱找領導除外，在住房和職稱面前，出色的演員一個人就能將生旦淨末丑全部反串一遍。演戲這個行當說到底又與別的不同，不論是說唱念打還是吹拉彈奏，扛的是「藝術家」這塊招牌，做的終究是體力活兒，吃的還是身體這碗飯，一到歲數身子骨就破了。他們的破身子骨全是沙漠，一盆水澆下去，不要說看不見水漂，就連「嗞」的一聲都沒有。他們掙不來一分錢，耗起銀子來卻是老將出馬，一個頂倆。炳璋就愁錢。炳璋感到自己不只是一個劇團的團長，都快成商人了，就等著資本全部到位。炳璋想起了當年在學習班上聽來的一句話，是一位領袖的著名格言：資本來到世上，從頭到腳都滴著血和骯髒的東西。這話對。資本就是流淌的血，骯髒不骯髒事後再說。劇團等著這滴血，靠著這滴血，生產、生產、再生產、擴大再生產。急命呢。炳璋就等著《奔月》上馬，越快越好。夜長了難免夢多。錢哪，錢哪。

宴會在老闆和筱燕秋認識的那一刻達到高達，這就是說，晚宴從頭到尾都是高潮。宴會尚未開始，炳璋便把筱燕秋十分隆重地領了出來，十分隆重地叫到了老闆的面前。這次見面對老闆來說只是一次交際，也可以說，是一次娛樂活動。然而，它是筱燕秋一生中的一件大事。筱燕秋的後半生如何，完全取決於這次見面。筱燕秋得到宴會通知的時候不僅沒有開心，相反，她的心中湧上了無邊的惶恐，立即想起了前輩青衣、李雪芬的老師柳若冰。柳若冰是五〇年代戲劇舞台中最著名的美人，「文革」開始之後第一個倒楣的名角。她去世之前的一段往事曾經在劇團裡頭廣為流傳，那是一九七一年的事了，一位已經做到副軍長的戲迷終於打聽到當年偶像的下落了，副軍長的警衛戰士鑽到了戲台的木地板下面，拖出了柳若冰。柳若冰醜得像一個妖怪，褲管上黏滿了乾結的大便和月經的紫斑。副軍長遠遠地看著柳若冰，只看了一眼，副軍長就爬上他的軍用吉普車了。副軍長上車之前留下了一句古名言：「不能為了睡名氣而弄髒了自己。」筱燕秋捏著炳璋的請柬，毫無道理地想起了柳若冰。她坐在美容院的大鏡子面前，用她半個月的工資精心地裝潢她自己。美容師的手指非常柔和，但她感到了疼。筱燕秋覺得自己不是在美容，而是在對著自己用刑。男人喜歡和男人鬥，女人呢，一生要做的事情就是和自己做鬥爭。

老闆在筱燕秋的面前沒有傲慢，相反，還有些謙恭。他喊筱燕秋「老師」，用巴掌再三再四地請筱燕秋老師坐上座。老闆並不把文化局的頭頭們放在眼裡，但是，他尊重藝術，尊重藝術家。筱燕秋幾乎是被劫持到上座上來的。她的左首是局長，右首是老闆，對面又坐著自己的團長，都是決定自己命運的大人物，不可避免地有點局促。筱燕秋正減著肥，吃得少，看上去就有點像怯場了，一點都沒有二十年前頭牌青衣的舉止與做派。好在老闆並沒有要她說什麼。老闆一個人說。他打著手勢，沉著而又熱烈地回顧過去。他說自己一直是筱燕秋老師的崇拜者，二十年前就是筱燕秋老師的追星族了。筱燕秋很禮貌地微笑著，不停地用小拇指捋耳後的頭髮，以示謙虛和不敢當。但是老闆回憶起《奔月》巡回演出的許多場次來了。老闆說，那時候他還在鄉下，年輕，無聊，沒事幹，一天到晚跟在《奔月》的劇組後面，在全省各地四處轉悠。他還回憶起了一則花絮，筱燕秋那一回感冒了，演到第三場的時候居然在舞台上連著咳嗽了兩聲，——台下沒有喝倒彩，而是響起了雷鳴般的掌聲。老闆說到這兒的時候酒席上安靜了。老闆側過頭，看著筱燕秋，總結說：「那裡頭就有我的掌聲。」酒席上笑了，同時響起了掌聲。老闆拍了幾下巴掌。這掌聲是愉快的，鼓舞人心的，還是繼往開來的，相見恨晚和同喜同樂的。大夥兒一起乾了杯。

老闆還在聊。語氣是推心置腹的，談家常的。他聊起了國際態勢，WTO，科索沃，車臣，香港，澳門，改革與開放，前途還有坎坷；聊起了戲曲的市場化與產業化；聊起了戲曲與老百姓的喜聞樂見。他聊得很好。在座的人都在嚴肅地咀嚼，點頭。就好像這些問題一直纏繞在他們的心坎上，是他們的衣食住行，油鹽醬醋；就好像他們為這些問題曾經傷神再三，就是百思不得其解。現在好了，水落石出、大路通天了。答案終於有了，豁然開朗了，找到出路了。大夥兒又幹了杯，為人類、國家以及戲劇的未來一起鬆了一口氣。

炳璋一直望著老闆。自從認識老闆以來，他對老闆一直都心存感激，但在骨子裡頭，炳璋瞧不起這個人。現在不同。炳璋對老闆刮目相看了。老闆不僅僅是一個成功的企業家，他還是一個成熟的思想家兼政治家。如果爆發戰爭，他也許就是一個出色的戰略家和軍事指揮家。一句話，他是偉人。炳璋有些激動，沒頭沒腦地說：「下次人代會改選市長，我投廠長一票！」老闆沒有接他的話茬兒，點煙，做了一個意義不明的手勢，把話題重新轉移到筱燕秋的身上來了。

話題到了筱燕秋的身上老闆更機敏了，更睿智也更有趣了。老闆的年紀其實和筱燕秋差不多，然而，他更像一個長者。他的關心、崇敬，親切都充滿了長者的意味，然而又是充滿活力的、男人式的、世俗化的、把自己放在民間與平民立場上的，因而也就更親切、更平等了。這種平等使筱燕秋如沐春風，人也自信、舒展了。筱燕秋對自己開始有了幾份把握，開始和老闆說一些閒話。幾句話下來老闆的額頭都亮了，眼睛也有了光芒。他看著筱燕秋，說話的語速明顯有些快，一邊說話一邊接受別人的敬酒。從酒席開始到現在，他一杯又一杯的，來者不拒，酒到杯乾，差不多已經是一斤五糧液下了肚了。老闆現在只和筱燕秋一個人說，旁若無人。酒到了這個份兒上炳璋不可能沒有一點擔憂，許多成功的宴席就是壞在最後的兩三杯上，就是壞在漂亮女人的一兩句話上。炳璋開始擔心，害怕老闆過了量。成功體面的男人在女演員的面前被酒弄得不可收拾，這樣的場面炳璋見得實在是太多了。炳璋就害怕老闆冒出什麼唐突的話來，更害怕老闆做出什麼唐突的舉動。他非常擔心，許多偉人都是在事態的後期犯了錯誤，而這樣的錯誤損害的恰恰正是偉人自己。炳璋害怕老闆不能善終，開始看表。老闆視而不見，卻掏出香菸，遞到了筱燕秋的面前。這個舉動輕薄了。炳璋看在眼裡，嘸了一口，知道老闆喝多了，有些把持不住。炳璋看著面前的酒杯，緊張地思忖著如何收好今晚這個場，如何讓老闆盡興而歸，同時又能讓筱燕秋脫開這個身。許多人都看出了炳璋的心思，連筱燕秋都看出來了。筱燕秋對老闆笑笑，說：「我不能吸菸的。」老闆點點頭，自己燃上了，說：「可惜了。你不肯給我到月亮上做廣告。」大夥兒愣了一下，接下來就是一陣哄笑。這話其實並不好笑，但是，偉人的廢話有時候就等於幽默。

哄笑之中老闆卻起身了，說：「今天我很高興。」這句話是帶有總結性的。老闆朝遠處招招手，叫過司機，說：「不早了，你送筱燕秋老師回家。」炳璋吃驚地看了一眼老闆，炳璋擔心他會在筱燕秋面前糾纏的，但是沒有，老闆舉止恰當，言談自如，一副與酒無關的樣子，就好像一斤五糧液不是被他喝到肚子裡去了，而是放在褲子的口袋裡面。老闆實在是酒席上的大師，酒量過人，見好就收。整個晚宴鳳頭、豬肚、豹尾，稱得上一台好戲。倒是筱燕秋有些始料不及，沒想到這麼快就結束了。筱燕秋一時不知道說什麼，慌忙說：「我有自行車。」老闆說：「哪有大藝術家騎自行車的。」老闆一邊堅持著「請」的手勢，一邊關照司機回頭來接他。筱燕秋瞥了老闆一眼，只好跟著司機往門口去。她在走向門口的時候知道許多眼睛都在看她，便把所有的注意力全部集中在走路的姿勢上，感覺有些彆扭，甚至都不會走路了。好在沒有人看出這一點。人們望著筱燕秋的背影，她的背影給人以身價百倍的印象。這個女人的人氣說旺就旺了。

老闆轉過身來，和局長閒聊，請局長得空的時候到他們廠去轉轉。炳璋插進來，搶過話茬兒，說：「老闆好酒量，好酒量！」他一口氣把這句話重複了四五遍。炳璋自己也弄不懂為什麼逮著老闆的酒量不要命地死奉承，聽上去好像心裡有什麼疙瘩，受了什麼驚嚇似的。老闆莞爾而笑，笑而不答，掐菸的工夫又一次是話題岔開了。

四

老話是對的，好運氣想找你，就算你關上大門它也會側著身子從門縫裡鑽進來。這年頭好運氣並不玄乎，說白了，就是錢。只有錢才能夠側著身子從門縫裡鑽來鑽去的。菸廠的老闆算什麼？這年頭大街上的老闆比春天的燕子多，比秋天的螞蚱多，比夏天的蚊子多，比冬天的雪花多。然而，菸廠的老闆有錢，又不是他自己的，這就齊了。可是，劇團和戲校裡的人們真正羨慕的倒不是筱燕秋，而是春來。春來這個小丫頭這一回真的是撞上大運了。

春來十一歲走進戲校，從二年級到七年級一直跟在筱燕秋的身後，知道筱燕秋的人都知道，春來不僅僅只是筱燕秋的學生，簡直就是筱燕秋的寶貝女兒。春來最初學的並不是青衣，而是花旦，是筱燕秋厚著臉皮硬把她拽到自己的身邊的。青衣與花旦其實是兩個完全不同的行當，只不過現在喜歡看戲的人少了，許多人都習慣於把戲台上的年輕女性統統稱之為「花旦」。這種混淆局面的形成固然是後來的戲迷們功夫不到，但是，要是真的細究起來，這筆帳還要記到著名大師梅蘭芳的頭上。梅老闆博大精深，他在長期的舞台實踐中把青衣與花旦的唱腔與表演程式雜糅在了一起，創建了一種有別於青衣同時又有別於花旦的新行當，也就是「花衫」。「花衫」行當的出現體現了梅老闆的求新與創造的精神，也給後來的人們帶來了不必要的麻煩，人們對青衣與花旦的區分也就再也不那麼頂真，不那麼嚴格了。譬如說，當初所謂的「四大名旦」，這個統稱其實就十分馬虎，貼切的說法應當是「兩大名旦，兩大青衣」。好在所有的劇種都一起沒落了，分不清青衣花旦也不算什麼芝麻大的事。可是，話還得反過來說，對於學戲和演戲的人來說，這可是一點含混不得的，青衣就是青衣，花旦就是花旦。它們的唱腔、道白、行頭、台步、表演程式隔著九九豔陽天，真的是花開兩朵，各表一枝的，永遠弄不到一起去。

春來想學花旦有她的理由。就說道白，花旦的道白用的是清亮的京腔，而青衣的韻白則拖聲拖氣的，在沒有翻譯、不打字幕的情況下，比看盜版碟片還要吃力，一句話，青衣的韻腔道白說的整個就不是人話。唱腔就更不一樣了，花旦唱起來利索、爽朗，接近於捏著嗓子的流行歌曲，還歪著腦袋一蹦三跳，又活潑，又可愛，像一隻嘰嘰喳喳的小麻雀。青衣則不同，就那麼一個字，她也要依依呀呀的，一步三晃的，一手捂著小肚子，一手比畫著，在那兒晃悠著，翹著個小指頭，慢慢地哼，等你上完了廁所，把該尿的尿了，該拉的拉了，前前後後擦完了，一回頭，那個字還沒唱完呢。戲劇如此不景氣，喜歡青衣的也就剩下那麼幾個離休老幹部了。許多當紅青衣都走下舞台了，不是穿上漆黑的皮夾克站在麥克風前面亂了頭髮獅吼，就是在電視連續劇裡頭演一回二奶，演一回小蜜。好歹也能到晚報的文化版上「文化」那麼一下子。青衣說到底不能和花旦比，現在的晚會那麼多，笑星歌星們再鬧騰，民族文化總是要弘揚的，國粹總是要保留的，「愛江山更愛美人」之後，最次也得來個「打不盡豺狼決不下戰場」。花旦的出路比青衣多少要好一些，要不然，人們也不會把劇團戲稱為「蛋窩」的。

春來是在三年級的下學期改學的青衣。春來這孩子說話的嗓音和筱燕秋並不像，可是，一開腔，春來的唱腔簡直就是另一個筱燕秋。戲校的老師們開玩笑說，春來的嗓子天生就是和筱燕秋唱對台戲的料。筱燕秋和春來商量，讓她放棄花旦，改學青衣。春來不肯。商量來商量去，春來就是不肯。筱燕秋急了，筱燕秋的那句名言至今還是戲校裡的一個笑話，一個笑柄。筱燕秋一急，拉下了臉來，對春來說：「你要是不肯拜我為師，我就拜你，我拜你做我的學生，你答應不答應？」做老師的把話說到了這個份兒上，春來還敢說什麼？

戲校的人們還記得春來剛到戲校時的模樣，一口濃重的鄉下口音，衣袖和褲腿都短得要命，襪子的上方還留了一截小腿肚。那時的春來一到冬天兩隻腮幫總是皺著的，裂了好幾道紅顏色的口子。沒有人會相信春來能脫落成今天的這副模樣，什麼叫女大十八變？春來就是一個最生動的例子，一個最具感召力的例子。誰能想到筱燕秋能有今天？誰能想到春來能趕上這趟車？

筱燕秋在戲校待了二十年了，教了那麼多學生，細細排下來，卻沒有一個能唱出來的。大紅大紫就不說了，顯一下山露一下水的都沒有過。這樣的局面給筱燕秋帶來了十分強烈的失敗感。筱燕秋對自己是徹底死了心了，然而，畢竟又沒有死透。一個人可以有多種痛，最大的痛叫做不甘。筱燕秋不甘。三十歲生日那一天筱燕秋就知道自己死了，十年裡頭筱燕秋每天都站在鏡子面前，親眼目睹著自己一天一天老下去，親眼目睹著著名的「嫦娥」一天一天地死去。她無能為力。焦慮的過程加速了這種死亡。用手拽都拽不住，用指甲摳都摳不住。說到底時光對女人太殘酷，對女人心太硬，手太狠。三十歲，我的親爹，我的親娘。三十歲生日那一天筱燕秋頭一回喝了酒，不到二兩。筱燕秋醉得不成樣子。酒後的筱燕秋握著剪刀把廚房裡的圍裙剪成了兩塊。她把兩塊白布捏在手上，權當了水袖。筱燕秋揮舞著油跡斑斑的圍裙，跌跌撞撞，油鹽醬醋的罐子倒了一廚房，哐叮哐噹的，碎了一廚房。她的手不知道被什麼碎片剮破了，鮮紅的血液流淌在水袖上，紅白相間的圍裙在半空中拋上去，又落下來，再拋上去，再落下來。面瓜衝進了廚房，抱住了筱燕秋，筱燕秋愣愣地盯著面瓜，喊面瓜「親娘」。筱燕秋用純正的韻腔對著面瓜念起了道白：「親——娘——啊——啊！」面瓜知道筱燕秋醉了。面瓜擔心妻子的叫喊傳播出去，他把帶血的圍裙堵住了筱燕秋的嘴邊。筱燕秋的嘴巴給堵緊了，腹部卻激蕩了起來，一挺一挺的嗓子裡發出母獸的呼嚕聲。面瓜心疼萬分，不住地喊燕秋的名字。筱燕秋側過頭，回望著面瓜，叫不出聲。然而，她的腹部還在叫，面瓜看得見。她用她的腹部一遍又一遍地呼喊：「親、娘、啊、啊、啊、啊！」

「千生萬旦，難求一淨」，這是舊時的藝人留下來的古話了。其實這話不對。筱燕秋從一開始就不能同意這句話。生、旦、淨、末、醜，唱花臉的固然難求一個，然而，沒有一個行當的演員可以成千上萬地一抓一把。自古到今，唱青衣的成百上千，真正把青衣唱出意思來的，真正領悟了青衣的意蘊的，也就那麼幾個。唱青衣固然要有上好的嗓音，上好的身段，——可是好嗓音算得了什麼？好身段又算得了什麼？出色的青衣最大的本錢是你是一個什麼樣的女人。哪怕你是一個七尺鬚眉，只要你投了青衣的胎，你的骨頭就再也不能是泥涅的，只能是水做的，飄到任何一個碼頭你都是一朵雨做的雲。對台上的青衣不是一個又一個女性角色，甚至不是性別，而是一種抽象的意味，一種有意味的形式，一種立意，一種方法，一種生命裡的上上根器。女人說到底不是長成的，不是歲月的結果，不是婚姻、生育、哺乳的生理階段。女人就是女人。她學不來也趕不走。青衣是接近於虛無的女人，或者說，青衣是女人中的女人，是女人的極致境界。青衣還是女人的試金石，是女人，即使你站在戲台上，在唱，在運眼，在雲手，所謂的「表演」、「做戲」也不過是日常生活裡的基本動態，讓你覺得生活就是如此這般的——話就是那樣說的，路就是那樣走的；不是女人，哪怕你坐在自家的沙發上，床頭上，你都是一個拙巴的戲子，你都在「演」，演也演不像，越演越不像人。與此相應的是，花臉則是一個絕對的男人，或者說，是絕對男人的絕對側面。男人就應當是簡單的，所有的身心只是一張臉譜，簡單到誇張的程度，簡單到恆久與一成不變的程度。所以，戲的衰退首先是男人與女人的攜手衰退。是種性的一天不如一天。

老天爺創造出一個花臉不容易，老天爺創造出一個青衣同樣不容易。筱燕秋是其中的一個，其中的另一個則是春來。

春來的出現讓筱燕秋看到了希望。春來是「嫦娥」能夠活在這個世上最充分的理由。筱燕秋宛如一個絕望的寡婦，拉扯著唯一的孩子。只要有春來，筱燕秋的香火終究可以續上了，這是老天爺對筱燕秋的最後一點補貼，最後一點安慰。春來剛過了十七歲，嚴格地說，還是一個女孩子。但是春來從來就不是女孩子，她天生就是一個女人，一個風姿綽約的女人，一個風情萬種的女人，一個風月無邊的女人，一個她看你一眼就讓你百結愁腸的女人。這不是早熟，只能說，它與生俱來。春來在十七歲的這個夏天就此步入了青衣的黃金年段，身段該有的都有，該沒的都沒。腰肢裡頭流宕著一股天成的婀娜態，風流態。春來的一雙眼睛裡頭有一種獨特而美妙的神采，她看所有的東西都不是看，而是盼顧，左盼盼，右顧顧，有股美目盼兮的意思，有股依依不捨的意思，還有股此怨不知所從何來的意思。春來運動的眼珠就像戲台上的運眼，她有一種將最戲劇化的程式還原到生活中來的稟賦，她同時還有一種將最日常化的動態提升到戲台上的異質。而春來的變聲期也是格外地順利，居然沒怎麼在意說過去就過去了，許多演員過不了變聲期這麼一個鬼門關，昨晚上洗澡的時候還好好的，一覺睡來，好嗓子已經被鬼偷走了。

春來這孩子命好。所有的一切好像都是給她預備好了的。雖說只是嫦娥的B檔，但是誰也不能否認，二郎神的靈光已經照亮春來了。

五

一部戲總是從說唱腔開始的。說唱腔俗稱說戲，你先得把預設中一部戲打爛了，變成無數的局部、細節，把一部戲中戲劇人物的一恨、一怒、一喜、一悲、一傷、一哀、一枯、一榮，變成一字、一音、一腔、一調、一顰、一笑、一個回眸、一個亮相、一個水袖、一句話，變成一個又一個說、唱、念、打，然後，再把它組裝起來，磨合起來，還原成一段念白，一段唱腔。說戲過後，排練階段才算真正開始。首先是連排。一個人成不了一台戲，「戲」首先是人與人的關係。那麼多的演員擠在一個戲台上，演員與演員之間就必須溝通、配合、交流、照應，這樣的完善過程也就是連排。連排完了還不行。演員的唱腔、造型還得與樂隊、鑼鼓傢伙形成默契，沒有吹、拉、彈、奏、打，那還叫什麼戲？把吹、拉、彈、奏、打一同揉合進去，這就是所謂的響排了。響排過了還得排，也就是彩排。彩排接近於實彈演習，是面對著虛擬中的觀眾進行的一次公演，該包頭的得包頭，該勾臉的得勾臉，一切都得按實地演出的模樣細細地走場。彩排過去了，一齣大戲的大幕才能拉得開。

幾乎所有的人都注意到了，從說唱腔的第一天開始，筱燕秋就流露出了過於刻苦、過於賣命的跡象。筱燕秋的戲雖說沒有丟，但畢竟是四十歲的人了，畢竟是二十年不登台了，她的那種賣命就和年輕人的莽撞有所不同，彷彿東流的一江春水，在入海口的前沿拚命地迂迴、盤旋，巨大的漩渦顯示出無力回天的笨拙、凝重。那是一種吃力的掙扎、虛假的反溯，說到底那只是一種身不由己的下滑、流淌。時光的流逝真的像水往低處流，無論你怎樣努力，它都會把覆水難收的殘敗局面呈現給你。讓你竭盡全力地拽住牛的尾巴，再緩緩地被牛拖下水去。

截至到說戲階段，筱燕秋已經從自己的身上成功地減去了四、五公斤的體重。筱燕秋不是在「減」肥，說得準確一些，是摳。筱燕秋熱切而又痛楚地用自己的指甲一點一點地把體重往外摳，往外挖。這是一場戰爭，一場隱蔽的、沒有硝煙的、只有殺傷的戰爭。筱燕秋的身體現在就是筱燕秋的敵人，她以一種復仇的瘋狂針對著自己的身體進行地毯式轟炸，一邊轟炸一邊監控。減肥的日子裡頭筱燕秋不僅僅是一架轟炸機，還是一個出色的狙擊手。筱燕秋端著她的狙擊步槍，全神貫注，密切注視著自己的身體。身體現在成了她的終極標靶，一有風吹草動筱燕秋就會毫無不猶豫地扣動她的扳機。筱燕秋每天晚上都要站到磅秤上去，她對每一天的要求都是具體而又嚴格的：好好減肥，天天向下。筱燕秋一定要從自己的身上摳去十公斤——那是她二十年前的體重。筱燕秋堅信，只要減去十公斤，生活就會回到二十年前，她就會站在二十年前，二十年前的曙光一定會把她的身影重新投射在大地上，頎長、婀娜、娉婷世無雙。

這是一場殘酷的持久戰。湯、糖、躺、燙是體重的四大忌，也就是說，吃和睡是減肥的兩大法門。筱燕秋首先控制的就是自己的睡。她把自己的睡眠時間固定在五個小時，五個小時之外，她不僅不允許自己躺，甚至不允許自己坐。接下來控制的就是自己的嘴了。筱燕秋不允許自己吃飯，不允許自己喝水，更不用說熱水了。她每天只進一些瓜果、蔬菜。在瓜果與蔬菜之外，筱燕秋像貪婪的嫦娥那樣，就知道大口大口地吞藥。

減肥的前期是立竿見影的，她的體重如同股票的熊市一樣，一路狂跌。身上的肉少了，然而，皮膚卻意外地多了出來。多皮的皮膚掛在筱燕秋的身上，宛如撿來的錢包，渾身上下找不到一個存放的地方。多出來的皮膚使筱燕秋對自己產生了這樣一種錯覺：整個人都是形式大於內容的。這是一個古怪的印象，一個惡劣的印象，這還是一個滑稽的和歹毒的印象。最要命的還在臉上，多出來的皮膚使筱燕秋的臉龐活脫脫地變成了一張寡婦臉。筱燕秋望著鏡子裡的自己，寡婦一樣沮喪，寡婦一樣絕望。

真正的絕望還在後頭。減肥見了成效之後筱燕秋整日便有些恍惚，這營養不良的具體反應。精力越來越不濟了。頭暈、乏力、心慌、噁心，總是犯睏，貪睡，而說話的氣息也越來越細。說戲階段過去了，《奔月》就此進入了艱苦的排練階段，體力消耗逐漸加大，筱燕秋的聲音就不那麼有根，不那麼穩，有點飄。氣息跟不上，筱燕秋只好在嗓子裡頭發力，聲帶收緊了，唱腔就越來越不像筱燕秋的了。

筱燕秋再也沒有料到自己會出那麼大的醜，當著那麼多的人的面。她在給春來示範一段唱腔的時候居然「刺花兒」了，「刺花兒」俗稱「唱破」了，是任何一個靠嗓子吃飯的人最丟臉的事。那聲音不像是人的嗓子發出來的，像玻璃劃在了玻璃上，像發情期的公豬趴在了母豬的背脊上。其實「刺花兒」也不是什麼大不了的事，每一個演員都會碰上的，然而，筱燕秋到底又不是別人，她不能忍受一起集中過來的目光。那些目光不是刀子，而是毒藥，它不需要你流一滴血，不讓你有半點疼痛，活生生地就要了你的命。筱燕秋決定挽回她的體面。她必須在眾人的面前撈回這個臉面。筱燕秋強作鎮定，示意再來。連續兩次，嗓子就是不肯給筱燕秋下這個台。筱燕秋的嗓子癢得要了命，宛如爬上了一萬隻小蟲子。想咳。筱燕秋用力忍住，咬著牙，把滿嘴的咳嗽堵在嗓眼裡頭。坐在一邊的炳璋端來了一杯水，遞到筱燕秋的面前，故意輕鬆地對大夥兒說：「歇會兒，歇會兒了哈。」筱燕秋沒有接炳璋的杯子，接杯子這個動作筱燕秋無論如何是不肯做的。筱燕秋看著演后羿的男演員，說：「我們再來一遍。」筱燕秋這一回沒有「刺花兒」，她的高音部只爬到了一半，筱燕秋自己就停下來了。筱燕秋重重地噓出一口氣，僵在那兒。沒有一個人敢上來和筱燕秋搭腔，沒有一個人敢看筱燕秋。筱燕秋強忍著，越忍越難忍。人在丟臉的時候不能急著挽回，有時候，你想挽回多少，反過來會再丟出去多少。她開始用目光去掃別人，他們像是約好了的，都是一副過路人的樣子，似乎什麼都沒發生過。眾人的心照不宣有時候更像一次密謀，其殘忍的程度不亞於千夫所指。筱燕秋想再來一遍，到底沒有勇氣了。炳璋端著茶杯，大聲對眾人宣布：「筱燕秋老師感冒了，就到這兒，今天就到這兒了，哈。」筱燕秋淚汪汪地盯著炳璋，知道他的好意。可是筱燕秋就想撲上去，揪著炳璋的領口給他兩大耳光。

排練廳立即走空了，只留下了筱燕秋與春來。春來同樣不敢看她的老師。弓著腰，假裝收拾東西。筱燕秋長久地望著春來，她年輕的側影是多麼的美，顴骨和下巴那兒發出瓷器才有的光。筱燕秋失神了，反反復復在心裡問：自己怎麼就沒她那個命？春來直起身來，發現老師的目光一直罩在自己的身上，唬了一大跳。筱燕秋突然說：「春來，你過來。」春來停住了，愣在那兒沒有動。筱燕秋說：「春來，你把剛才我唱的那一段重來一遍。」春來噝了一口，她在這樣的時候怎麼敢做那樣的事。春來說：「老師。」筱燕秋沒開口，卻挪了一張椅子，坐了下來。春來的心裡頭慌亂了一會兒，不過看老師的架勢，躲是躲不過去了，反倒鎮定下來了，站好了，進了戲。筱燕秋坐在椅子上，用心地看著春來，聽著春來。幾分鐘過後筱燕秋卻走神了。她瞥了一眼牆上的大鏡子，大鏡子像戲台，十分殘酷地把春來和自己一同端出來了。筱燕秋有意無意地拿自己和春來做起了比較。鏡子裡的筱燕秋在春來的映照之下顯得那樣的老，幾乎有些醜了。當初的自己就是春來現在的這副樣子，它現在到哪兒去了呢？人不能比人，這話真是殘忍。人不能比別人，人同樣不能和自己的過去攀比。什麼叫青山遮不住，畢竟東流去？鏡子會慢慢地告訴你。筱燕秋的自信心在往下滑，像水往低處流，擋都擋不住。她想起了當初復出時的那種喜悅，那樣的喜悅說到底也不過是過眼的煙雲，剎那之間就蕩然無存了。筱燕秋動搖了，甚至產生了打退堂鼓的意思，卻又捨棄不下。雖說春來的表演還有許多地方需要打磨，然而，從整體上說，這孩子超過自己也就是眼前的事了。春來如此年輕，未來的歲月實在是不可限量。筱燕秋突然就是一頓難受，內中一陣一陣地酸，一陣一陣地疼。筱燕秋知道自己嫉妒了。細細說起來，筱燕秋就因為嫉妒吃了二十年的苦頭，可是，她實在沒有嫉妒過李雪芬，從來沒有，一天都沒有。但是，面對自己的學生，筱燕秋遏制不住。筱燕秋知道自己在嫉妒，她第一次嘗到了嫉妒的厲害。她看到了血在流。筱燕秋痛恨自己，她不能允許自己嫉妒。她決定懲罰。她用指甲拚命地掐自己的大腿。越用力越忍，越忍越用力。大腿上尖銳的疼痛讓筱燕秋產生了一種古怪的輕鬆感。她站起身來，決定利用這個空隙幫春來排練，不允許自己有半點保留。筱燕秋站到春來的面前，面對面，手把手，從腰身到眼神，一點一點地解釋，一點一點地糾正，她一定要把春來鍛造成自己的二十年前。太陽落下去，梧桐樹的巨大陰影落在窗戶的玻璃上，撫摸著玻璃，絮絮叨叨的，苦口婆心的。排練大廳裡的光線越來越暗，越來越安靜了。她們忘記了開燈，師徒兩個在昏暗的光線下面反反復復地比畫，一遍又一遍，每一個動作都細微到手指的最後一個關節。筱燕秋的臉離春來只有幾寸那麼遠，春來的眼睛忽閃忽閃的，在昏暗的排練大廳裡反而顯得異樣地亮，那樣的迷人，那樣的美。筱燕秋突然覺得對面站著的就是二十年前的自己，二十年前的筱燕秋就在自己的面前，亭亭玉立。筱燕秋迷惑了，像做夢，像水中觀月。眼前的一切都像夢幻那樣飄忽起來，充滿了不確定性。筱燕秋停下來，側著頭，用那種不聚焦的、近乎煙霧的目光籠罩了春來。春來不知道自己的老師怎麼了，也側過了腦袋，端詳著自己的老師。筱燕秋繞到了春來的身後，一手托住春來的肘部，另一隻手捏住了春來翹著的小拇指的指尖。筱燕秋望著春來的左耳，下巴幾乎貼住春來的腮幫。春來感到了老師的溫濕的鼻息。筱燕秋鬆開手，十分突兀地把春來攬進了懷抱。她的胳膊是神經質的，摟得那樣地緊，乳房頂著春來的後背，臉貼在了春來的後頸上。春來猛一驚，卻不敢動，僵在了那裡，連呼吸都止住了。但只是一會兒，春來的呼吸便澎湃了，大口大口地換氣，她喘息一次兩隻乳房就要在筱燕秋的胳膊裡軟綿綿地撞擊一回。筱燕秋的手指在春來的身上緩緩地撫摸，像一杯水潑在了玻璃台板上，開了岔，困厄地流淌。她的手指流淌到春來腰部的時候春來終於醒悟過來了，春來沒敢叫喊，春來小聲央求說：「老師，別這樣。」

筱燕秋突然醒來了。那真是一種大夢初醒的感覺。夢醒之後的筱燕秋無限地羞愧與淒惶，她弄不清自己剛才到底做了些什麼。春來撿起包，衝出了排練大廳。筱燕秋被丟在排練大廳的正中央，耳朵裡頭充滿了春來下樓的腳步聲，急促得要命。筱燕秋想叫住春來，可她實在不知道還能對春來說什麼。筱燕秋就覺得羞愧難當。天已經黑了，卻又沒有黑透，是夢的顏色。筱燕秋垂著手，呆呆地站住，不知身在何處。

下班的路上筱燕秋就覺得這一天太古怪了，大街是古怪的，路燈的顏色是古怪的，行人走路的樣子也是古怪的。筱燕秋一直想哭，但是，實在又不知道要哭什麼。不知道要哭什麼就不那麼容易哭得出來。這一來筱燕秋的胸口反而堵住了。胸口堵住了，肚子卻出奇地餓。這陣餓是喪心病狂的，彷彿肚子裡長了五隻手，七上八下地拽。筱燕秋走到路邊的一家小飯店，決定停下腳步。她懷著一股難言的仇恨走進了小飯店，要過菜單，專門挑大油大膩的點。一上來筱燕秋就惡狠狠地吞下了三隻大肉丸。筱燕秋又是嚼，又是嚥，一直吃到喘息都困難的程度。

六

春來並沒有在筱燕秋的面前流露什麼，戲還是和過去一樣地排。只是春來再也不肯看筱燕秋的眼睛了。筱燕秋說什麼，她聽什麼，筱燕秋叫她怎麼做，她就怎麼做，就是不肯再看筱燕秋的眼睛。一次都不肯。筱燕秋與春來都是心照不宣的，不過，這不是母親與女兒之間才有的心照不宣，是女人與女人之間的那種，致命的那種，難於啟齒的那種。

筱燕秋再也沒有料到會和春來這樣彆扭。一個大疙瘩就這樣橫在了她們的面前。這個疙瘩看不見，也就越發無從下手了。筱燕秋恢復了飲食，可還是累。筱燕秋說不出這種累掩藏在身體的哪個部位，它具有散發性，在身體的內部四處延展，都無所不在了。好幾次她都想從劇組退出，就是下不了那個死決心。這樣的心態二十年以前曾經有過一次的，她想到過死，後來竟一次又一次猶豫了。筱燕秋責怪自己當初的軟弱。二十年前她說什麼也應當死去的。一個人的黃金歲月被掐斷了，其實比殺死了更讓你寒心。力不從心地活著，處處欲罷不能，處處又無能為力，真的是欲哭無淚。

春來那裡一點動靜都沒有。她永遠都是那樣氣閒神定的，沒有一點風吹，沒有一點草動，遠遠的，和筱燕秋隔著一兩丈的距離。筱燕秋現在怕這孩子，只是說不出。如果春來就這麼和自己不冷不熱地下去，筱燕秋的這輩子就算徹底了結了，一點討價還價的餘地都沒有了。「嫦娥」要是不能在春來的身上復生，筱燕秋站二十年的講台究竟是為了什麼？

筱燕秋終於和老闆睡過了。這一步跨出去了，筱燕秋的心思好歹也算了了。這是遲早的事，早一天晚一天罷了。筱燕秋並沒有什麼特別的感覺，這件事說不上好，也說不上不好，從古到今反正都是這樣的。老闆是誰？人家可是先有了權後有了錢的人，就算老闆是一個令人噁心的男人，就算老闆強迫了她，筱燕秋也不會怪老闆什麼的。更何況還不是。筱燕秋在這個問題上沒有半點羞答答的，半推半就還不如一上來就爽快。戲要不就別演，演都演了，就應該讓看戲的覺得值。

可是筱燕秋難受。這種難受筱燕秋實在是銘心刻骨。從吃晚飯的那一刻起，到筱燕秋重新穿上衣服，老闆從頭到尾都扮演著一個偉人，一個救世主。筱燕秋一脫衣服就感覺出來了，老闆對她的身體沒有一點興趣。老闆是什麼人？這年頭漂亮新鮮的小姑娘就是貨架上的日用百貨，只要老闆喜歡，下巴一指，售貨員就會把什麼樣的現貨拿到他們的面前。筱燕秋是自己脫光衣服的，剛一扒光，老闆的眼神就不對勁了，它讓筱燕秋明白了減肥後的身體是多麼的不堪入目。老闆一點兒都沒有掩飾。在那個剎那裡頭筱燕秋反而希望老闆是一個貪婪的淫棍，一個好色的惡魔，她就是賣給老闆一回她也賣了。然而，老闆不那樣。老闆上了床就更是一個偉人了。他十分從容地躺在了席夢思上，用下巴示意筱燕秋騎上去。老闆平躺在席夢思上，一動不動。筱燕秋騎上去之後就只剩下筱燕秋一個人忙活了。有一個階段老闆對筱燕秋的工作似乎比較滿意，嘴裡哼唧了幾聲，說，「哦，葉兒。哦，葉兒。」筱燕秋不知道老闆到底在哼唧什麼。幾天之後，筱燕秋伺候老闆之前老闆先讓她看了幾部外國毛片，看完了毛片筱燕秋才算明白過來，大老闆在學洋人叫床呢。老闆在床上可真是衝出了亞洲走向了世界，一下子就與世界接軌了。這固然不是做愛，可是，這甚至不是性交，筱燕秋只是莫名其妙地巴結著一個男人、伺候著一個男人。筱燕秋就覺著自己賤。她好幾次都想停止下來了，然而，性是一個歹毒的東西，不是你想停就停得下來的。這樣的感覺筱燕秋在和面瓜做愛的時候反而沒有過。筱燕秋一邊動作一邊罵著自己，她這個女人實在是下賤得到了家了。

筱燕秋從老闆那兒回來的時候外面下了一點小雨，馬路上水亮水亮的，滿眼都是汽車尾燈的倒影與反光，猩紅猩紅的，熱烈得有些過分，有些無中生有，因而也就平添了許多頹傷的意思。筱燕秋望著路面上的斑駁反光，認定了自己今晚是被人嫖了。被嫖的卻又不是身體。到底是什麼被嫖了，筱燕秋實在又說不上來。她弓在巷子的拐角處，想嘔吐出一些什麼，終於又沒有能夠如願，只是嘔出了一些聲音。那些聲音既難聽，又難聞。

女兒已經睡了。面瓜正看著電視，陷在沙發裡頭等著筱燕秋。筱燕秋進了門就沒有看面瓜。她不肯和面瓜打照面，低著頭逕直往衛生間去。筱燕秋打算先洗個澡的，又有些過於多疑，擔心這樣匆忙地洗澡面瓜會懷疑什麼，只好坐到便池上去了。坐了一會兒，沒有拉出什麼，也沒有尿出什麼。只是拽著內衣，正過來看了看，反過來又看了看。筱燕秋把自己的上上下下全都檢查了一遍，沒有發現任何點點斑斑，放下心來走出了衛生間。筱燕秋困乏得厲害，為了不讓面瓜看出來，便故意弄出一副精神飽滿的樣子。面瓜還坐在那兒，弄不懂筱燕秋為什麼這樣開心，傻笑起來，說：「喝酒啦？臉紅紅的。」筱燕秋的心口咯噔了一下，輕描淡寫地說：「哪裡紅了。」面瓜認真起來，說：「是紅了。」筱燕秋不敢糾纏，立即把話岔開了，說：「孩子呢？」面瓜說：「早就睡了。」筱燕秋不情願面瓜老是站在自己的面前，她實在不能承受面瓜的目光。筱燕秋說：「你先上床去吧，我沖個澡。」她迴避了「睡覺」這兩個字，但「上床」的意思其實還是一樣的。筱燕秋說這句話的時候迅速地瞥了一眼面瓜，面瓜卻開心起來了，不住地搓手。筱燕秋的胸口平白無故地便是一陣痛。

筱燕秋把洗澡水的溫度調得很燙，幾乎達到了疼痛的程度。筱燕秋就希望自己疼。疼的感覺具體而又實在，甚至還有一點快慰，有一種自虐和自戕的味道。筱燕秋把自己沖了又沖，搓了又搓。她用指頭摳向身體的深處。企圖摳出一點兒什麼，拽出一點兒什麼。洗完了，筱燕秋坐在客廳裡的沙發上，皮膚上泛起了一層紅，有些火燒火燎的。大約在深夜十一點，面瓜裹著毛巾被出來了。面瓜顯然沒睡，掛著一臉巴結的笑，面瓜說：「魂不守舍的，撿到錢包了吧？」筱燕秋沒有搭腔。面瓜文不對題地「嗨」了一聲，說：「今天是周末了。」筱燕秋凜了一下，緊張起來了，不動。面瓜挨著筱燕秋坐下來，嘴唇正對著筱燕秋的右耳垂。面瓜張開嘴巴，順勢把筱燕秋的耳垂銜在了嘴裡，手卻向常去的地方去了。筱燕秋的反應是她自己都始料不及的，她一把就把面瓜推開了，她的力氣用得那樣猛，居然把面瓜從沙發上推下去了。筱燕秋尖聲叫道：「別碰我！」這一聲尖叫畫破了寧靜的夜，突兀而又歇斯底里。面瓜怔在地上，起先只是尷尬，後來竟有些惱羞成怒了，夜深人靜的，又不敢發作。筱燕秋的胸脯一鼓一鼓的，像漲滿了風的帆。筱燕秋抬起頭來，眼眶裡突然沁出了兩汪淚，她望著自己的丈夫，說：「面瓜。」

今夜不能入眠。筱燕秋在漆黑的夜裡瞪大了眼睛，黑夜裡的眼睛最能看清的就是自己的今生今世。筱燕秋的一隻眼睛看著自己的過去，一隻眼睛看著自己的未來。可筱燕秋的兩眼都一樣的黑。筱燕秋好幾次想伸出手去撫摸面瓜的後背，終於忍住了。她在等天亮。天亮了，昨天就過去了。

除了學戲，春來總是悶不吭聲的，靜得像一杯水。空閒的時刻春來習慣於一個人坐在一邊，又長又彎的眉毛挑在那兒，大而亮的眼睛這兒睃睃，那兒瞅瞅，一副嫵媚而又自得的模樣。春來的身上有一種寂靜的美，恬然的美，一舉一動都誘出弱柳拂風的意味。但是，這樣的女孩子說來動靜就來了動靜。春來無風就是三尺浪。她帶來了消息，一個讓筱燕秋五雷轟頂的消息。

臨近響排的那一天炳璋突然把筱燕秋叫住了。炳璋的臉上很不好看，他悶著頭，不聲不響地只是把筱燕秋往自己的辦公室裡帶，春來坐在炳璋的辦公室裡，安安靜靜地翻著當天的晚報。筱燕秋一看見春來就預感到有什麼事發生了。

「她要走。」炳璋一進辦公室就這樣沒頭沒腦地說。

「誰要走？」筱燕秋蒙在那兒。她看了一眼春來，不解地說，「要到哪裡去？」

春來站起身來，依歸不肯看自己的老師。她站在筱燕秋的面前，一言不發，只是望著自己的腳尖。春來的模樣再一次使筱燕秋想起了自己的當初，她當初站在李雪芬的病床前面就是這副樣子的。但是，自己的心情和春來的現在顯然是不可同日而語的。春來磨蹭了半天，開口說話了。春來說：「我想走。」春來說：「我要到電視台去。」

筱燕秋聽清楚了，就是不明白。春來的那兩句話前言不搭後語的，筱燕秋弄不清裡面的山高水深。筱燕秋說：「你要到哪裡去？」

春來直接把底牌亮出來了。春來說：「我不想演戲了。」

筱燕秋聽明白了，每一個字都聽清楚了。筱燕秋靜靜地打量著她的學生，慢慢歪過了腦袋。筱燕秋輕聲說：「你不想做什麼？」

春來又沉默了，接下來的話是炳璋幫她說的。炳璋說：「電視台要一個主持人，她報名去了，一個月之前她就報名去了。都已經面試過了，人家要她。」筱燕秋想起來了，說戲的那些日子裡頭電視台的確是在晚報上面做過廣告的，都一個月了，這孩子不聲不響居然把什麼都準備好了。筱燕秋傻在了沙發旁邊，身體晃了一下，就好像被誰拽了一把。筱燕秋頓時就亂了方寸。她伸出雙手，打算搭到春來的肩膀上去的，剛一伸手，又收回了原處。筱燕秋喘息了，突然喊道：「你知道你在說什麼？」

春來看了看窗外，不說話。

「你休想！」筱燕秋大聲說。

「我知道你在我的身上花費了心血，可我走到今天也不容易。你不要攔我。」

「你休想！」

「那我退學。」

筱燕秋抬起了雙手，就是不知道要抓什麼。她看了看炳璋，又看了看春來，雙手抖動起來。她一把拽住了春來的衣襟，心碎了。筱燕秋低聲說：「你不能，你知道你是誰？」

春來耷拉著眼皮，說：「知道。」

「你不知道！」筱燕秋心痛萬分地說，「你不知道你是多好的青衣——你知道你是誰？」

春來歪了歪嘴角，好像是笑。但沒出聲。春來說：「嫦娥的B檔演員。」

筱燕秋脫口說：「我去和他們商量，你演A檔，我演B檔，你留下來，好不好？」

春來調過頭去，說：「我不搶老師的戲。」

春來還是那樣生硬，然而，口氣上畢竟有所鬆動了。筱燕秋抓住了春來的手，慌忙說：「沒有，你沒有搶我的戲！你不知道你多出色，可我知道。出一個青衣多不容易，老天爺要報應的——你演A檔，你答應我！」她把春來的手捂在自己的掌心裡，急切地說，「你答應我。」

春來抬起了頭來，望著她的老師。這麼些日子來春來還是第一次這樣正眼看她的老師。筱燕秋仔細地研究著春來的目光，這是一種疑慮的目光，一種打算改弦更張的目光。筱燕秋全神貫注地看著春來，就好像春來的目光一移開立即就會飛走了似的。炳璋一直注視著春來，他從春來細微的變化當中看到了玄機。那絕對是七不離八的。炳璋有底了，知道和春來的談話從那兒入手了。炳璋對筱燕秋擺了擺手，示意她先出去。筱燕秋不動，都有些神經質了，直到炳璋把手搭在了她的肩上她才還過了神來。筱燕秋一步一回頭。炳璋悄聲說：「先回去，你先回去。」

筱燕秋回到了排練大廳，遠遠地打量著炳璋的那扇窗。那扇窗現在是她的命。排練結束了，人去樓空，空蕩蕩的排練大廳孤零零地吊著筱燕秋的身影。筱燕秋在焦急地等。夕陽殘照，大廳裡的粉塵懸浮在半空，橙黃橙黃的，瀰漫著一股毫無由頭的溫馨，植物的葉片被殘陽放大了，已經看不出植物葉片的輪廓。筱燕秋抱著胳膊，在大廳裡來來回回。炳璋的窗戶突然打開了，探出了炳璋的腦袋和一條手臂。筱燕秋看不見炳璋的表情，然而，她看到了炳璋揮舞胳膊。炳璋揮得很有力，最後還把指頭握成了拳頭。筱燕秋明白了。她扶著牆邊的練功架，淚水湧了上來。她的身體沿著牆面慢慢滑落了下去。在她坐在地板上的時候，筱燕秋終於哭出了聲來。她的一切差一點就付諸東流了，這真的是一場劫後餘生。這是多麼幸福的淚水？多麼令人欣慰的淚水？筱燕秋扶著一把椅子，扶著椅子的靠背坐了上去。她在椅子上慢慢地哭，慢慢地體會這份幸福與欣慰。筱燕秋在抹眼淚的時候認認真真地責備了自己一回，劇組一成立她其實就應該和春來說明白的，春來要是有戲演，她斷不至於去找別的出路的。自己都這個年紀了，一個青衣到了這個歲數，還爭什麼戲？還演什麼A檔。這樣多好！反正春來都已經頂上來了，再怎麼說，春來終究是另一個自己，是自己的另一種方式。只要春來唱紅了，自己的命脈一樣可以在春來的身上流傳下去的。這麼一想筱燕秋突然放鬆了，心中的壓力與陰影蕩然無存。放棄，徹底放棄。筱燕秋深深地出了一口氣，心情為之一振。

減肥真的像一場病。病去如抽絲，病來如山倒。開禁沒幾天，磅秤的紅色指針呼啦一下就把筱燕秋的體重反彈上去了。還撈回了〇．五公斤，都有點像有獎銷售了。筱燕秋的心情爽朗了一些日子，但是，等體重真的回復到過去，筱燕秋便又後悔了。剛剛到手的機會說失去就這麼失去了，這樣的傷心實在是毀滅性的。筱燕秋望著磅秤上的紅色指針，指針翹上去一點兒筱燕秋的心就沉下去一點兒。但是筱燕秋不允許自己傷心，不是不允許自己流露出傷心，而是不允許自己產生一點點難受的念頭，產生多少就掐死多少。作出放棄的承諾之後，筱燕秋原以為自己從此就能夠心靜如水的。但是沒有。相反，登台的念頭甚至比以前更強烈了。可是放棄A檔畢竟是筱燕秋在炳璋的面前親口承諾的，這個承諾是一把劍，筱燕秋親眼看著自己被這把劍劈成兩個，一個站在岸上，另一個則被摁在了水底。當水下的筱燕秋企圖浮出水面的時候，岸上的筱燕秋毫不猶豫地就會用鞋底把她踩向水的深處。岸上的筱燕秋感到了水下的窒息，而水下的筱燕秋則親眼目睹了謀殺的冷酷。岸上和水下的兩個女人一起紅眼了，怒目相向。筱燕秋在水底與岸上兩頭掙扎，疲憊萬分。她選擇了拚命進食，宛如溺水的人拚命喝水。她的體重就此一路飆升。撈回來的體重不僅是對春來的一種交待，同樣也是對自己最有效的阻攔。筱燕秋第一次發現自己這麼能吃，實在是好胃口。

劇組的人們從筱燕秋的身上看出了反常種種。這個沉默的女人在減肥初見成效的時刻說放棄就放棄了。沒有人聽到筱燕秋說起過什麼，然而，人們看著筱燕秋的臉色重新紅潤起來了，而唱腔的氣息也再一次落了地，生了根。有了猜測，那次「刺花兒」對筱燕秋的刺激一定太大了，要不然，像筱燕秋這樣好強的女人不可能說放棄就放棄的。真正反常的也許還不是筱燕秋放棄了減肥，幾乎所有人都注意到了，《奔月》剛進入響排，筱燕秋其實已經把自己撤下來了。實地排練的差不多全是春來，筱燕秋只是提著一張椅子，坐在春來的對面，這兒點撥一下，那兒糾正一下。筱燕秋顯出一副愉快萬分的模樣，只是愉快得有些過了頭，就好像太陽都已經放到他們家冰箱裡了。這一來就免不了誇張和表演的意思。筱燕秋把所有的精力全都耗在了春來的身上，看上去再也不像一個演員在排練，更像一個導演，嚴格地說，像春來一個人的導演。人們不知道筱燕秋到底怎麼了，沒有人知道這個女人的腦子裡栽的是什麼果，開的是什麼花。

一到家筱燕秋的疲憊就全上來了。那種疲憊像秋雨之後馬路兩側被點燃的落葉，瀰散出的嗆人的濃煙，繚繞著，糾纏著，盤旋在筱燕秋的體內。筱燕秋甚至連眼睛都有些累了，只要一看住什麼東西，一看就是好半天，眼珠子就再也懶得挪動一下子。好幾次筱燕秋都直起了腰，大口大口地做深呼吸，想把虛擬的煙霧從自己的胸口呼出去，可是深呼吸總也是吸不到位，努力了幾次，筱燕秋只好作罷了。

筱燕秋的失神自然沒有逃出面瓜的眼睛，她那種半死不活的模樣不能不引起面瓜的高度關注。她在床上已經連續兩次拒絕面瓜了，一次冷漠，另一次則神經質。她那種模樣就好像面瓜不是想和她做愛，而是提了一把匕首，存心想刺刀見紅。面瓜已經暗示了幾次了，有些話說得都已經相當露骨了，她竟然什麼都沒有聽得進去。這個女人的心一定開岔了，這個女人看來是不為所動了。

七

炳璋在筱燕秋給春來示範亮相的時候找到了筱燕秋。春來在亮相這個問題上老是處理得不那麼到位。亮相不僅是戲劇心理的一種總結，它還是另一種戲劇心裡無言的起始。亮相有它的邏輯性，有它的美。亮相最大的難點就是它的分寸，藝術說到底都是一種恰如其分的分寸。筱燕秋連續示範了好幾遍。筱燕秋強打著精神，把說話的聲音提到了近乎喧嘩的程度。她要讓所有的人都看出來，她熱情洋溢，她還心平氣和，她沒有絲毫不甘，沒有絲毫委屈，她的心情就像用熨斗熨過了一樣平整。她不僅是最成功的演員，她還是這個世上最幸福的女人，最甜蜜的妻子。

炳璋這時候過來了。他沒有進門，只在窗戶的外面對著筱燕秋招了招手。炳璋這一次沒有把筱燕秋叫到辦公室裡去，而是喊到了會議室。他們的第一次談話就是在辦公室裡進行的。那一次談得很好，炳璋希望這一次同樣談得很好。炳璋先是詢問了排練的一些具體情況，和顏悅色的，慢條斯理的。炳璋要說的當然不是排練，可他還是習慣於先繞一個圈子。他這個團長不知道為什麼，就是有點害怕面前的這個女人。

筱燕秋坐在炳璋的對面，專心致志。她那種出格的專心致志帶上了某種神經質的意味，好像等待什麼宣判似的。炳璋瞥了一眼筱燕秋，說話便越發小心翼翼了。

炳璋後來把話題終於扯到春來的身上來了。炳璋倒也是打開窗子說起了亮話。炳璋說，年輕人想走，主要還是擔心上不了戲，看不到前途，其實也不是真的想走。筱燕秋突然堆上笑，十分突兀地大聲說：「我沒有意見，真的，我絕對沒有意見。」炳璋沒有接筱燕秋的話茬兒，順著自己的思路往下走。炳璋說：「照理說我早就該找你交流交流的，市裡頭開了兩個會，耽擱了。」炳璋自我解嘲似的笑了笑，說，「你是知道的，沒辦法。」筱燕秋噓了一口，又搶話了，說：「我沒意見。」炳璋小心地看了一眼筱燕秋，說：「我們還是很慎重的，專門開了兩次行政會議，我想再和你商量商量，你看這樣好不好——」筱燕秋突然站起來了，她站得如此之快，把她自己都嚇了一跳。筱燕秋又笑，說：「我沒意見。」炳璋緊張地跟著站起了身，疑疑惑惑地說：「他們已經和你商量了？」筱燕秋茫然地望著炳璋，不知道「他們」和她「商量了」什麼了。炳璋把下嘴唇含在嘴裡，不住地眨眼，有些欲言又止。炳璋最後還是鼓起了勇氣，磕磕絆絆地說：「我們專門開了兩次行政會議，我們想呢，——他們還是覺得我來和你商量妥當一些，能夠從你的戲量裡頭拿出一半，當然了，你不同意也是合情合理的，你演一半，春來演一半，你看看是不是——」

下面的話筱燕秋沒有聽清楚，但是前面的話她可是全聽清楚了。筱燕秋突然醒悟過來了，這些日子她完全是自說自話了，完全是自作主張了！領導還沒有找她談話呢！一齣戲是多大的事？演什麼，誰來演，怎麼可能由她說了算呢？最後一定要由組織來拍板的。她筱燕秋實在是拿自己太當人了。一人一半，這才是組織上的決定呢，組織上的決定歷來就是各占百分之五十。筱燕秋喜出望外，喜出了一身冷汗，脫口說：「我沒意見，真的，我絕對沒有意見。」

筱燕秋的爽快實在出乎炳璋的意料。他小心地研究著筱燕秋，不像是裝出來的。炳璋悄悄地鬆了一口氣。炳璋有些激動想誇筱燕秋，一時居然沒有找到合適的詞句。炳璋後來自己也奇怪，怎麼說出那樣一句話來了，幾十年都沒人說了。炳璋說：「你的覺悟真是提高了。」筱燕秋在返回排練大廳的路上幾乎喜極而泣，她想起了春來鬧著要走的那個下午，想起了自己為了挽留春來所說的話。筱燕秋突然停下了腳步，回頭看會議室的大門。筱燕秋當著炳璋的面說過的，春來演A檔，可炳璋並沒有拿她的話當回事。顯然，炳璋一定只當是筱燕秋放了個屁。筱燕秋對自己說，炳璋是對的，她這個女人所作的誓言頂多只是一個屁。不會有人相信她這個女人的，她自己都不相信。

過道裡旋起了一陣冬天的風，冬天的風捲起了一張小紙片，孤寂的小紙片是風的形式，當然也就是風的內容。沒有什麼像風這樣形式與內容絕對同一的了。這才是風的風格。冬天的風從筱燕秋的眼角膜上一掃而過，給筱燕秋留下了一陣顫慄。紙片像風中的青衣，飄忽，卻又痴迷，它被風丟在了牆的拐角。又是一陣風飄來了，紙片一顛一顛的，既像躲避，又像渴求。小紙片是風的一聲嘆息。

天氣說冷就冷了，而公演的日子說近也就近了。老闆在這樣的時刻表現了老闆的威力，老闆實在是一個操縱媒體的大師，最初的日子媒體上只是零零星星地做了一些報導，隨著公演一天一天地逼近，媒體逐漸升溫了，大大小小的媒體一起喧鬧了起來。熱鬧的輿論營造出這樣一種態勢，就好像一部《奔月》業已構成了公眾的日常生活，成了整個社會傾心關注的重點。媒體設置了這樣一個怪圈：它告訴所有的人，「所有的人都在翹首以待」。輿論以倒計時的這種最為撩撥人的方式提醒人們，萬事俱備，只欠東風。

響排已經接近了尾聲。這個上午筱燕秋已經是第五次上衛生間了，一大早起床的時候筱燕秋就發現身上有些不大對路，噁心得要了命。筱燕秋並沒有太往心裡去。前些日子用了太多的減肥藥，感覺好像也是這樣的。第五次走進衛生間之後，筱燕秋的腦子裡頭一直掛牽著一件事，到底是什麼事，一時又有點想不起來，反正有一件要緊的事情一直沒有做。筱燕秋就覺著自己脹得厲害，不住地要小解。其實也尿不出什麼。利用小解的機會筱燕秋又想了想，還是覺得有一件要緊的事情還沒有做。就是想不起來。

洗手的時候一陣噁心重又反上來了，順帶著還湧上來一些酸水。筱燕秋嘔了幾口，突然愣住了。她想起來了。筱燕秋終於想起來了。她知道這些日子到底是什麼事還沒做了。她驚出了一身汗，站在水池的前面，一五一十地往前推算。從炳璋第一次找她談話算起，今天正好是第四十二天。四十二天裡頭她一直忙著排戲，居然把女人每個月最要緊的事情弄忘了。其實也不是忘了，破東西它根本就沒有來！筱燕秋想起了四十二天之前她和面瓜的那個瘋狂之夜。那個瘋狂的夜晚她實在是太得意忘形了，居然疏忽了任何措施。她這三畝地怎麼就那麼經不起惹的呢？怎麼隨便插進一點什麼它都能長出果子來的呢？她這樣的女人的確不能太得意，只要一忘乎所以，該來的肯定不來，不該來的則一定會叫你現眼。筱燕秋下意識地捂住了自己的小肚子，先是一陣不好意思，接下來是不能遏制的惱怒。公演就在眼前，她那天晚上怎麼就不能把自己的大腿根夾緊呢？筱燕秋望著水地上方的小鏡子，盯著鏡子中的自己。她像一個最粗魯的女人用一句最下作的話給自己做了最後總結：「操你媽的，夾不住大腿根的賤貨！」

肚子成了筱燕秋的當務之急。筱燕秋算了一下日子，這一算一口涼氣一直逼到了她的小腿肚子。公演的日子就在眼前，要是在戲台上犯了噁心，嘔吐起來，救火都來不及的。首先當然是手術。手術乾淨、徹底，一了百了。可手術到底是手術，皮肉之苦還在其次，恢復起來可實在是太慢了。上了台，你就等著「刺花兒」吧。筱燕秋五年之前做過一次小月子，刮完了身子骨便軟了，趿拉了二十多天。筱燕秋不能手術，只有吃藥。藥物流產不聲不響的，歇幾天或許就過去了。筱燕秋站在水池的前面，愣在那兒，突然走出了衛生間，直接往大門口的方向去。筱燕秋要搶時間，不是和別人搶，而是和自己搶，搶過來一天就是一天。

筱燕秋的手上捏了六粒白色的小藥片。醫生交待了，早晚各一粒，後天上午兩粒，吃完了再去找他。小藥片的名字起得實在是抒情，「含珠停」。就好像筱燕秋的肚子裡頭這刻兒含著的是一粒鋥亮的珍珠，正在緩緩地生長，筱燕秋要做的事情是把它停下來。難怪現在寫詩的少了，寫戲的少了，他們都忙著給大大小小的藥丸子起名字去了。筱燕秋望著手裡的小藥片，心中湧上了一陣酸楚。女人的一生總是由藥物相陪伴，嫦娥開了這個頭，她筱燕秋也只能步嫦娥的後。藥物實在是一個古怪的東西，它們像生活當中特別詭異的陰謀。

筱燕秋的家離醫院有一段路，筱燕秋還是決定步行回去。一路上她生著自己的氣，更多的是生面瓜的氣。到家的時候她已經不是在生面瓜的氣了，而是對面瓜充滿了仇恨。一進家門她就沒有給面瓜好臉。筱燕秋沒有吃，沒有洗，倒下頭便睡。

筱燕秋沒有請假，說到底流產這樣的事情也不是什麼了不得的光榮，沒必要弄得路人皆知。只不過筱燕秋有點扛不住「含珠停」的藥物反應。她噁心得厲害了，身子骨全輕了，像是從月亮上剛飛回來的。筱燕秋用力支撐著，總算把這一天的排練挺過來了。但是，她的仇恨卻與日劇增。筱燕秋這一次總算把面瓜恨到骨子裡頭了。第二天的夜晚是昨天晚上的翻版，氣氛卻比昨天更為凌厲。筱燕秋走進家門的時候更加嚴峻地陰著一張臉，不吃，不喝，不洗，不說，一聲不響地上床。家裡異樣了。冬天的風一起堵在了面瓜的門口，順著門縫扁扁地劈了進來。面瓜靜靜地聽了一會兒，不知所以，不知所措。

但是筱燕秋並沒有睡。面瓜在夜深人靜的時候聽到了她的沉重嘆息。她把氣吸得那麼深，而呼的時候卻故意收住了，靜悄悄的，好像故意不讓人聽見似的，這又瞞得住誰呢？面瓜也輕輕地嘆了一口氣。生活出了問題了，生活絕對出了問題了。面瓜看到了生活的盡頭。

面瓜開始緬懷起過去。一個人學會了緬懷，必然意味著某一種東西走到了盡頭。面瓜是在筱燕秋最落魄的時候鳩占了雀巢，兩個人原本就不相配的。人家現在又能演戲了，又要做大明星了，做了嫦娥的人除了想往天上飛還往哪兒飛？她遲早總是要飛回到天上去的。這個家離雞飛狗跳的日子絕對不遠了。面瓜記起了筱燕秋這些日子裡的諸種反常，面對著夜的顏色，兀自冷笑了一回。

一大早筱燕秋吃掉最後兩粒藥片，坐在家裡靜靜地等。上午九點，筱燕秋帶上擦換的紙巾往醫院去。醫生沒有做別的，還是命令她吃藥。這一回醫生給她的是三顆六角形的白色片劑，筱燕秋一口吞進了肚子，轉了一會兒，在一邊的椅子上靜靜地坐等。腹部的陣痛在她坐下之後慢慢開始了，一陣緊似一陣。筱燕秋弓在那兒，不聲不響地喘息。後來醫生過來了，厲聲說：「坐在這兒做什麼？要等四個小時呢。出去吧，跳，坐在這兒做什麼？」筱燕秋來到了樓下，肚子卻疼得咬人了，有些支撐不住，就想找個地方好好躺下來。筱燕秋不敢回到樓上，實在又不願意待在醫院的門口，萬一碰上熟人免不了丟人現眼。筱燕秋實在熬不過去，一賭氣就回到了家中。家中沒有人，整座樓上都沒有人。筱燕秋站在客廳裡頭，突然想起了醫生的話。她決定跳，決定在這個無人的時刻筱燕秋弄出一點動靜來。筱燕秋脫了鞋，光著腳，「呼」的一下一蹦多高。光著的腳後跟落在了樓板上，樓板「咚」的一下，嚇了筱燕秋一跳，聽上去卻鼓舞人心。筱燕秋傾聽了片刻，再跳，樓板「咚」的又一下。樓板的轟隆聲激勵了筱燕秋，筱燕秋越跳越疼，越疼越跳，顛跳伴隨著疼痛，疼痛伴隨著顛跳。筱燕秋越跳越高，越跳越來神了。一陣空前的暢快與輕鬆突然間布滿了筱燕秋，這真是一次意外地收穫，意外地驚喜。筱燕秋扒掉了大衣，在自己的大衣上拚命地跳躍、拚命地扭動。她的頭髮散開來了，像一萬隻手，在半空中亂舞亂抓。筱燕秋就想叫，只想叫，不過不叫也沒有關係，這樣就足夠了。筱燕秋都忘記了為什麼而跳的了，她現在只是為跳而跳，為「咚咚」作響而跳，為地動山搖而跳。筱燕秋痛快淋漓了，升騰起來了，飛起來了。她竭盡了全力，直至耗盡了最後一絲體力。筱燕秋躺在地板上，眼窩裡沁出了幸福的淚。

樓下小賣部的女人聽到了樓上的反常動靜。她伸出了脖子，自語說：「樓上就是怎麼啦？」她的丈夫正在數錢，沒有抬頭，「嗨」了一聲，說：「裝修呢。」

中午時分那粒「珍珠」從筱燕秋的體內滑落了出來。血在流，疼痛卻終止了。無痛一身輕，從疼痛中解脫出來的時刻多麼令人陶醉！筱燕秋疲憊萬分。她躺在床上，仔細詳盡地體會這份陶醉這份輕鬆、這份疲憊。陶醉是一種境界。輕鬆是一種領悟。疲憊是一種美。

筱燕秋睡著了。

筱燕秋不知道這一覺睡了有多久，昏睡之中筱燕秋做了許多細碎的夢，連不成片斷，像水面上的月光，波光粼粼的，密密匝匝的，閃閃爍爍的，一個都撿不起來。筱燕秋甚至知道自己在做夢，但是醒不來。

「咣噹」一聲，面瓜下班了。今天下午面瓜下班到家之後顯得有點異樣，手上沒有了輕重，似乎什麼都礙他的事。面瓜摔摔打打的，這兒「咚」的一下，那兒「轟」的一下。筱燕秋想支起身子和他說些什麼，但是整個人都綿軟了，只好罷了。筱燕秋翻了個身，接著睡。

筱燕秋看出了事態的嚴重性。事實上，當一個人看出了事態的嚴重性的時候，事態往往已經超出了當事人的認知程度。說起來還是女兒提醒了筱燕秋，那天女兒晚上故意繞到了衛生間裡頭，問筱燕秋說：「爸爸最近怎麼啦？」女兒的臉上是一無所知的樣子，孩子的一無所知往往意味著知根知底。這句話把筱燕秋問醒了，她從女兒的目光當中看到了自己的恍惚，看到了家中潛在的危險性。第二天排練一結束筱燕秋就撐著身子拐到了菜場，買了一隻老母雞，順便還捎了些洋參片。天這麼冷了，面瓜一天到晚站在風口，該給他補一補了。再說自己也該補一補了。等吃完了這頓飯，筱燕秋一定要和面瓜好好聊一聊的。

面瓜回家的時候臉上紫紫的，全是冬天的風。筱燕秋迎了上去。筱燕秋一點都不知道自己熱情得有多過分，一點都不像居家過日子的模樣。面瓜疑疑惑惑地看了筱燕秋一眼，挪開之後的目光愈發疑雲密布了。女兒遠遠地看了看父母這邊，趴在陽台上做作業去了。客廳裡頭只有筱燕秋和面瓜兩個。筱燕秋回頭瞄了一下陽台，舀了一碗雞湯端到了餐桌上。筱燕秋像一個下等酒館的女老闆，熱情地勸了，說：「喝點吧，天冷了，補補，雞湯，還加了洋參片。」

面瓜陷在沙發裡頭，沒動，卻點起了一根香菸。面瓜的胸脯笑了一下，臉上的笑容就不那麼像笑，看上去有些古怪。面瓜把打火機丟在茶几上，自語說：「補補。雞湯。還加了洋參片。」面瓜抬起頭，說：「補什麼補？這麼冷的天，讓我夜裡到大街上去轉圓圈？」

這話傷人了。這話一出口面瓜也知道傷人了，聽上去還特別得彆扭。就好像夫妻兩個在一起生活就為了床上那些事似的，這一來又戳到了筱燕秋的痛處。面瓜其實並沒有細想，只是心情不好，脫口就出來了。面瓜想緩和一下，又笑，這一回笑得就更不像笑了，看上去一臉的毒。筱燕秋當頭遭到了一盆涼水，生活中最惡俗、最卑下的一面裸露出來了。筱燕秋重新把臉拉了下來，說：「不喝拉倒。」

說完這話筱燕秋瞄了一眼陽台，目光正好和女兒撞上了。女兒立即把目光避開了。仰起，做出一副認真思考的樣子。

八

彩排極其成功。春來演了大半場，臨近尾聲的時候筱燕秋演了一小段，算是壓軸。師生同台，真的成了一件盛事了。炳璋坐在台下的第二排，控制著自己，盡量平靜地注視著戲台上的兩代青衣。炳璋太興奮了，差不多溢於言表了。炳璋翹著二郎腿，五隻手指像五個下了山的猴子，開心得一點板眼都沒有。幾個月之前劇團是一副什麼樣子，現在說上戲就上戲了。炳璋為劇團高興，為春來高興，為筱燕秋高興，然而，他還是為自己高興。炳璋有理由相信自己成了最大贏家。

筱燕秋沒有看春來的彩排，她一個人坐在化妝間裡休息了。她的感覺實在不怎麼好。後來筱燕秋上台了，筱燕秋一登台就演唱了《廣寒宮》，這是嫦娥奔月之後幽閉於廣寒宮中的一段唱腔，即整部《奔月》最大段、最華彩的一段唱，二簧慢板轉原板轉流水轉高腔，歷時十五分鐘之久。嫦娥置身於仙境，長河即落，曉塵將沉，嫦娥遙望著人間，寂寞在嫦娥的胸中無聲地翻湧，碧海青天放大了她的寂寞，天風浩蕩，被放大的寂寞滾動起無從追悔的怨恨。悔恨與寂寞相互撕咬，相互激蕩，像夜的宇宙，星光閃閃的，浩渺無邊的，歲歲年年的。人是自己的敵人，人一心不想做人，人一心就想成仙。人是人的原因，人卻不是人的結果。人啊，人啊，你在哪裡？你在遠方，你在地上，你在低頭沉思之間，你在回頭一瞥之間，你在悔恨交加之間。人總是吃錯了藥，吃錯了藥的一生經不起回頭一看，低頭一看。吃錯藥是嫦娥的命運，女人的命運，人的命運。人只能如此，命中八尺，你難求一丈。

這段二簧的後面有一段笛子舞，嫦娥手裡拿著從人間帶過去的一把竹笛，眾仙女飄飄然，徐徐而上。嫦娥在眾仙女的懷抱之中做無助狀，做苦痛狀，做悔恨狀，做無奈狀，做盼顧狀。嫦娥與眾仙女亮相。整部《奔月》就是在這個亮相之中降下大幕的。

照炳璋原來的意思，彩排的戲量筱燕秋與春來一人一半的。筱燕秋沒有同意。她對自己的身體沒有把握。嫦娥在服藥之後有一段快板唱腔，快板下面又是一段水袖舞，水袖舞張狂至極，幅度相當大。不論是快板還是水袖舞，都是力氣活兒。放在過去筱燕秋自然是沒有問題的，今天卻不行。筱燕秋流產畢竟才第五天。雖說是藥物流產，可到底失了那麼多的血，身子還軟，氣息還虛，筱燕秋擔心自己扛不下來，到底也不是正式演出。筱燕秋的決定的確是明智的，笛子舞過後，大幕剛剛落下，筱燕秋一下子就坍塌在地毯上，把身邊的「仙女們」嚇了一大跳。好在筱燕秋並不慌張，她坐在氈毯上，笑著說：「絆了一下，沒事的。」筱燕秋沒有謝幕，直接到衛生間去了。她感到了不好，下身熱熱的，熱熱的東西在往下淌。

筱燕秋從衛生間裡出來，一拐彎就被眾人圍住了。炳璋站在最前面，衝著她無聲地微笑，翹著他的大拇指。炳璋在讚美筱燕秋。炳璋的讚美是由衷的，他的眼裡噙著淚花。筱燕秋的嫦娥實在是太出色了。炳璋把左手搭在筱燕秋的肩膀上，說：「你真的是嫦娥。」

筱燕秋無力地笑著。她突然看見春來來了，還有老闆。春來依偎在老闆身邊，仰著臉，滿面春風，一路走一路和老闆說著什麼。老闆步履矯健，神采奕奕，像微服私訪的偉人。老闆親切地微笑著，邊微笑邊點頭。筱燕秋從他們的神態上面敏銳地捕捉到了異樣的徵候，心口「咯噔」了一下。筱燕秋笑了笑，迎了上去。

《奔月》公演的這天下起了大雪，一大早就是雪霽之後晴朗的冬日。晴朗的太陽把城市照得亮亮的，白白的，都有些刺眼了。大雪覆蓋了城市，城市像一塊巨大的蛋糕，鋪滿了厚厚的奶油，又柔和，又溫馨，籠罩著一種特殊的調子，既像童話，又像生日。筱燕秋躺在床上，目光穿過了陽台，靜靜地看著玻璃外面的巨大蛋糕。筱燕秋沒有起床，她就是弄不明白，下身的血怎麼還滴滴答答的，一直都不乾淨。筱燕秋沒有力氣，她在靜養。她要把所有的力氣都省下來，留給戲台，留給戲台的一舉一動，一字一句。

臨近傍晚的時分厚厚的蛋糕已經被糟蹋得不成樣子了，有一種客人散盡、杯盤狼藉的意味。雪化了一部分，積餘了一部分，化雪的地方裸露出了大地的烏黑、骯髒、醜陋，甚至猙獰。筱燕秋叫了一輛出租車，早早來到了劇院。化妝師和工作人員早到齊了。今天是一個不一般的日子，是筱燕秋這一生當中最為重要的日子。一下車筱燕秋就在台前與台後都走了一遍，看了一遍，和工作人員招呼了幾回，然後，回到化妝間，查看過道具，靜靜地坐在了化妝台的前面。

筱燕秋望著鏡子裡的自己，慢慢地調息。她細細地端詳著自己，突然覺得自己今天是一個古典的新娘。她要精心地梳妝，精心地打扮，好把自己閃閃亮亮地嫁出去。她不知道新郎是誰，尚未拉開的紅色大幕是她頭上的紅頭蓋，把她蓋住了。一陣慌張十分突兀地湧向了筱燕秋的心房，筱燕秋慌張得厲害。紅頭蓋是一個雙重的謎，別人既是你的謎，你同樣又構成了別人的謎。你掩藏在紅頭蓋的下面，你與這個世界徹底變成了互猜的關係，由不得你不緊張，不心跳，不神飛意亂。

筱燕秋深吸了一口氣，定下心來。她披上了水衣。扎好，然後，筱燕秋伸出了手去。她取過了底彩。她把肉色的底彩擠在了左手的掌心上，均勻地抹在臉上、脖子上、手背上。抹勻了，筱燕秋開始搽凡士林。化妝師遞上了面紅，筱燕秋用中指一點一點地把自己的眼眶、鼻樑畫紅了，左右研究了一回，滿意了，拍定妝粉。筱燕秋開始上胭脂了。胭脂搽在了面紅抹過的部位，面紅立即出彩了，鮮亮了起來，鏡子裡青衣的模樣頓時就出來了一個大概。現在輪到眼睛了。筱燕秋用指尖頂住了眼角，把眼角吊向太陽穴的斜上方，畫眼，畫眉。畫好了，筱燕秋鬆開手，眼角的皮膚一起鬆垮垮地掉了下來，而眼眶卻畫在了高處，這一來眼角那一把就有些古怪，妖里妖氣的。

化完妝，筱燕秋便把自己交給了化妝師。化妝師濕好了勒頭帶，開始為筱燕秋吊眉。化妝師把筱燕秋的眼角重新頂上去，筱燕秋感到有點疼。化妝師用潮濕的勒頭帶把筱燕秋的腦袋裹了一圈又一圈，勒住了眼角的皮，緊繃繃的，吊上去的眼角這一回算是固定住了，筱燕秋的雙眼呈倒「八」字狀，看上去有點像傳說中的狐狸，嫵媚起來了，靈動起來了。吊好眉，化妝師為筱燕秋貼上大片，左腮一個，右腮一個，筱燕秋的臉型一下子變了，居然變成了一只剝了殼的雞蛋。上好齊眉穗，蓋好水紗，戴上頭套、假髮，一個活靈活現的青衣立時就出現在鏡框裡了。筱燕秋盯著自己，看，她漂亮得自己都認不出自己來了。那絕對是另一個世界裡的另一個女人。但是，筱燕秋堅信，那個女人才是筱燕秋，才是她自己。筱燕秋挺起了胸，側過頭，意外地發現化妝間裡擠了好些人。他們一起愣在那兒，專心地看著她，用一種疑惑的眼光研究著她。筱燕秋看到了春來，春來就在身邊。春來一直就站在筱燕秋的身邊。春來待在那兒，她不敢相信面前的女人就是與她朝夕相處的老師筱燕秋。筱燕秋簡直就是變魔術，突然變出一個人來了。筱燕秋睃了春來一眼。她知道這個小女人此時此刻的心情。她看得出，這個小女人妒忌了。筱燕秋沒有開口，她現在誰也不是。她現在只是自己，是另一個世界裡的另一個女人。是嫦娥。

大幕拉開了。紅頭蓋掀起來了。筱燕秋撂開了兩片水袖。新娘把自己嫁出去了。沒有新郎，這個世界就是新郎，所有的人都是新郎。所有的新郎一起盯住了唯一的新娘。筱燕秋站在入相處，鑼鼓響了起來。

筱燕秋沒有料到一齣戲如此之短，筱燕秋只覺得剛開了一個頭，剛剛離開了這個世界，說回來就又回來了。筱燕秋起初還擔心自己的身體吃不消的，剛剛登台的時候是有那麼一點緊張，很快她就完全放鬆下來了。她開始了抒發，開始了傾訴，她徹底忘記了自己，甚至，徹底忘記了嫦娥，她把滿腔的塊壘抽成了一根綿延的細長的絲，一點一點地吐了出來，纏繞了起來，揮灑了起來。她在世界的面前袒露出了她自己，滿世界都在為她喝彩。她越來越投入，越來越痴迷，筱燕秋越陷越深。這是喜悅的兩個小時，哭泣的兩個小時，五味俱全的兩個小時，繽紛飛揚的兩個小時，暢酣的兩個小時，淒豔的兩個小時，恣意的兩個小時，迷亂的兩個小時，這還是類似於床笫之歡的兩個小時。筱燕秋的身體連同她的心竅，一起全都打開了，舒張了，延展了，潤滑了，柔軟了，自在了，飽滿了，接近於透明，接近於自縊，處在了亢奮的臨界點。筱燕秋就感到自己成了一顆熟透了的葡萄，就差輕輕地、尖銳地一擊，然後，所有黏稠的液汁就會了卻心願般地流淌出來。可是，戲完了，沒戲了，結束了，「那個女人」說走就走了，毫不留情地把筱燕秋留給了筱燕秋。筱燕秋置身於巨大的慣性之中，她停不下來，她的身體不肯停下來。筱燕秋欲罷不能，她還要唱，還要演。筱燕秋不知道自己是怎麼謝幕的，可大幕黑了一張臉，拉下了。那感覺就如同高潮臨近的時候男人突然收走了他的器具。筱燕秋傷心欲絕。筱燕秋就想對著台下喊：「不要走，我求求你，你們都回來，你們快回來！」

散場了，一切都結束了。筱燕秋不是不累，而是有勁無處使。她在焦慮之中蠢蠢欲動。她在百般失落之中走向了後台，炳璋站在那兒，似乎在等著她。炳璋張開了雙臂，正在出口那邊高興地迎候著她。筱燕秋走到炳璋的面前，委屈得像個孩子。她撲在了炳璋的懷裡。她把臉埋進炳璋的胸前，失聲痛哭。炳璋拍著她，不停地拍著她。炳璋懂。炳璋一個勁地眨巴他的眼睛。沒有人知道筱燕秋的心思，沒有人知道筱燕秋此時此刻最想做的是什麼。筱燕秋自己也說不上來。嫦娥飛走了，只把筱燕秋一個人留在了這個世界上。筱燕秋就覺得自己想找一個男人，不要命地做一次愛。筱燕秋突然抬起了頭來，臉上的油彩糊成了一片，三分像人，七分像鬼，炳璋嚇了一跳。炳璋再也沒有料到筱燕秋會說出這樣的話來，炳璋聽了筱燕秋的話才知道自己並不懂得這個女人。筱燕秋冷冷地望著炳璋，說：「明天還是我。你答應我。明天我還是要上！」

筱燕秋一口氣演了四場。她不讓。不要說是自己的學生，就是她親娘老子來了她也不會讓。這不是A檔B檔的事。她是嫦娥，她才是嫦娥。筱燕秋完全沒有在意劇團這幾天氣氛的變化，完全沒有在意別人看她的目光，她管不了這些。只要化妝的時間一到，她就平平靜靜地坐在了化妝台的前面，把自己弄成別人。

天氣晴好了四天，午後的天空又陰沉下來了。昨晚的天氣預報說了，今天午後有大風雪的。下午風倒是起了，雪花卻沒有。午後的筱燕秋又乏了，渾身上下像是被捆住了，兩條腿費勁得要了命。下午剛過了三點，筱燕秋突然發起了高燒，而下身又見紅了，量比以往似乎還多了些，都沒完沒了了。高燒來得快，上得更快。筱燕秋的後背上一陣一陣地發寒，大腿的前側似乎也多出了一根筋，拽在那兒，吊在那兒，無緣無故地扯著疼。筱燕秋到底不踏實了，到醫院掛了婦科門診。筱燕秋計畫好了的，開上藥，吃了，好歹也不會耽擱晚上的演出。可這一回醫生倒是沒有忙著讓她吃藥，而是問了又問，開出一大串的檢查單子，叫她查了又查。醫生一臉的肅穆，既沒有嚇人的話，也沒有寬慰人的話，一副死不了也不怎麼好的樣子。醫生最後開口了，醫生說：「怎麼拖到現在？內膜都感染成這樣了，你看看血項。」醫生後來說，「手術還是要做。最好呢，住下來。」筱燕秋沒有討價還價，生硬地說：「我不住。」筱燕秋又追了一句，說，「手術能不能等些時候？」醫生的目光從眼鏡鏡框的上方看過來，說：「身體不等人哪。」筱燕秋說：「我不住。」醫生拿起了處方，龍飛鳳舞，說：「先消炎，再忙你也得先消炎。先吊兩瓶水再說。」

利用取藥的工夫筱燕秋拐到大廳，她看了一眼對鐘，時間不算寬裕。畢竟也沒到火燒眉毛的程度。吊到五點鐘，完了吃點東西，五點半趕到劇場，也耽擱不了什麼。這樣也好，一邊輸液，一邊養養神，好歹也是住在醫院裡頭。

筱燕秋完全沒有料到會在輸液室裡頭睡得這樣死，簡直都睡昏了。筱燕秋起初只是閉上眼睛養養神的，空調的溫度打得那麼高，養著養著居然就睡著了。筱燕秋那麼疲憊，發著那麼高的燒，輸液室的窗戶上又掛著窗簾，人在燈光下面哪能知道時光飛得有多快？筱燕秋一覺醒來，身上像鬆了綁，舒服多了。醒來之後筱燕秋問了問時間，問完了眼睛便直了。她拔下針管，包都沒有來得及提，拔完了針管就往門外跑。

天已經黑了。雪花卻紛揚起來。雪花那麼大，那麼密，遠處的霓虹燈在紛飛的雪花中明滅，把雪花都打扮得像無處不入的小婊子了，而大樓卻成了氣宇軒昂的嫖客，挺在那兒，在錯覺之中一晃一晃的。筱燕秋拚命地對著出租車招手，出租車有生意，多得做不過來，傲慢得只會響喇叭。筱燕秋急得沒病了，一個勁地對著出租車揮舞胳膊，都精神抖擻了。她一路跑，一路叫，一路揮舞她的胳膊。

筱燕秋衝進化妝間的時候春來已經上好妝了。她們對視了一眼，春來沒有開口。筱燕秋上課的時候關照過她的，化上妝這個世界其實就沒有了，你不再是你，他也不再是他，——你誰都不認識，誰的話你也不要聽。筱燕秋一把抓住了化妝師，她想大聲告訴化妝師，她想告訴每一個人，「我才是嫦娥，只有我才是嫦娥！」但是筱燕秋沒有說。筱燕秋現在只會抖動她的嘴唇，不會說話。此時此刻，筱燕秋就盼望著王母娘娘能從天而降，能給她一粒不死之藥，她只要吞下去，她甚至連化妝都不需要，立即就可以變成嫦娥了。王母娘娘沒有出現，沒有人給筱燕秋不死之藥。筱燕秋回望著春來，上了妝的春來比天仙還要美。她才是嫦娥。這個世上沒有嫦娥，化妝師給誰上妝誰才是嫦娥。

鑼鼓響起來了。筱燕秋目送著春來走向了上場門。大幕拉開了，筱燕秋看見老闆坐在第三排的正中央。他像偉人一樣親切地微笑，偉人一樣緩慢地鼓掌。筱燕秋望著老闆，反而平靜下來了。筱燕秋知道她的嫦娥這一回真的死了。嫦娥在筱燕秋四十歲的那個雪夜停止了悔恨。死因不詳，終年四萬八千歲。

筱燕秋回到了化妝間，無聲地坐在化妝台前。劇場裡響起了喝彩聲，化妝間裡就越發寂靜了。她望著自己，目光像秋夜的月光，汪汪地散了一地。筱燕秋一點都不知道她做了些什麼，她像一個走屍，拿起水衣給自己披上了，然後取過肉色底彩，擠在左手的掌心，均勻地、一點一點地往臉上抹，往脖子上抹，往手上抹。化完妝，她請化妝師給她吊眉、包頭、上齊眉穗、戴頭套，最後她拿起了她的笛子。筱燕乎做這一切的時候是鎮定自若的，出奇的安靜。但是，她的安靜讓化妝師不寒而慄。後背上一陣一陣地豎毛孔。化妝師怕極了，驚恐地盯著她。筱燕秋並沒有做什麼，也沒有說什麼，只是拉開了門，往門外走。

筱燕秋穿著一身薄薄的戲裝走進了風雪。她來到劇場的大門口，站在了路燈的下面。筱燕秋看了大雪中的馬路一眼，自己給自己數起了板眼，同時舞動起手中的竹笛。她開始了唱，她唱的依舊是二簧慢板轉原板轉流水轉高腔。雪花在飛舞，劇場的門口突然圍上來許多人，突然堵住了許多車。人越來越多，車越來越擠，但沒有一點聲音。圍上來的人和車就像是被風吹過來的，就像是雪花那樣無聲地降落下來的。筱燕秋旁若無人。劇場內爆發出又一陣喝彩聲。筱燕秋邊舞邊唱，這時候有人發現了一些異樣，她們從筱燕秋的褲管上看到了液滴在往下淌。液滴在燈光下面是黑色的，它們落在了雪地上，變成一個又一個黑色窟窿。

楚水

一

春天沒有任何跡象。春光在曠野中晴朗地明媚。植物大塊大塊地紅，大片大片地綠。復甦的氣息生動活潑，隨風的足跡暢然遊盪。大地蠢蠢欲動。

災難來得不夠順理成章。大水把隨之而來的整個夏季全淹了。清明、谷雨前後天上就不爽淨，入了夏天就破了。雨水嘩啦嘩啦往下漏，把田地全踩在了腳下。人們弄不懂怎麼會淹成這樣，但人們不相信金二的猜測，金二說日本人仗打得太多了，洋槍洋砲把天空穿成了篩子。有關天相地相方圓幾十里只相信水印。這個貪酒的還俗僧人除了酒，只談來世後世，天上地下。水印那時候在馮家做長工，立春時分整日在大草垛前曬太陽。頭上的戒疤在冬季陽光裡放出柔和動感的光。他的身邊是那只「8」字形葫蘆，臉上有了度數。和他一同曬太陽的還有老爺家的幾頭水牛，它們在反芻，嘴邊掛滿白沫，目光安閒，一派鄉紳風度。水印聞到牛、稻草、自己身體的氣味被太陽烘烤出來。這種混雜的氣味世俗而又快活，在金黃色的稻草裡像女人的手，撫他的後背和腿根。癢得出奇，一戳一戳的。後來走過來一個男人，水印沒看清是誰，只曉得穿了黑色棉襖扛著丫叉。水印聽見那人說，水印，今年的年辰咋樣？水印的眼在陽光裡睜得有些困難。水印瞇了眼說，還用問，瞎子也看得出，吉年自有天相。那人轉過頭，順水印瞇著的眼縫望過去，不遠處的河面凍得結結實實，冰面發出耀眼潔白的光。

水印不記得自己有過什麼預言。水印不知道許多人去趕集和自己會有什麼關係。毀滅向來是預言的最後一個章節，誰也料不到毀滅來得比預言更加迅疾。水災與夏季一同來臨了。秋天被夏日大水作賤得烏黑、光禿，曠野堆滿腥臭的淤泥，嵌了各式種類的屍。淤泥在腐臭的風裡板結、開裂。大地布滿罅隙。這一切全攤牌在秋季。

沒有人罵水印。水印的屍首夾在兩棵槐樹枝丫中間，他的衣帶和左手的食指指尖貼在地面，呈現水的流向。他的性命和「8」字形葫蘆就是朝那個方向飄走的。

災難選擇了大暑裡的一個夏夜。在此之前有過一次短暫的返晴，接連火爆燎亮了幾天。地面和茅屋都曬出了開裂聲，劈劈剝剝，是陽光的腳步。泥土氣味被烘烤出來，又厚重又濕潤。馮老爺在黃昏時分走出村外，他沿著河岸，白布襯衫映照在河水裡，隨輕波一波三折。河水把河流已注滿了，水面白花花地與岸齊平。但天終於放晴了，馮老爺點起了白銅水煙。

馮老爺放眼望下去，綠油油的都在。他的年終地租總算又有了著落。馮老爺認定久陰就此過去，下面的日子就好起來了，一天一個新太陽。

返晴的日子知了拚死拚活地叫，紅蜻蜓也紛紛出場。綿亙不斷的陰雨天氣瘋狂地繁衍了鄉村昆蟲，鋪天蓋地；夜間的蛙聲也聒噪得浩瀚無邊。馮老爺回過身又看了一眼樹木和茅草屋中間的馮家大院，彤紅的餘暉把女牆垛口和屋檐的飛拱撩撥得翩翩欲仙。半空中的紅蜻蜓密密匝匝，它們揮動透明的翅膀使夕陽變得具體而飛動。馮老爺這輩子也沒見過這麼茂盛的紅蜻蜓。馮老爺聞得見久陰初晴的氣味，紅蜻蜓翅膀在他的面前晶亮閃爍，胸中的陰霾消散了。馮老爺握起拳頭在自己的後腰上輕捶兩手，再乾咳兩聲，中氣十足，神韻悠揚。

晴朗稍縱即逝。像太陽的一次睞眼。那一聲驚天動地的霹靂宣告了大災即將來臨。初晴僅僅是久陰的迴光返照。天藍得開始異樣，藍得不像天。隨後一切全靜頓下來。昆蟲不知所終；牲口閉口不語。再後來雨就沖下來了，射精一樣不可遏止。馮家瓦屋頂上飄起青色水煙。

整個夜間聽不見一隻青蛙的叫聲。雨聲不可一世。夜空被閃電拽得東倒西歪。閃電如巨大的樹根抽動精亮雪白的裂口。雷聲痛苦地撒歡，死囚得救一樣四處狂奔。每一次閃電裡傾斜粗碩的雨網都變得纖毫畢現。雨聲放肆卻很單純，雨聲就那樣把人們濕潺潺的聽覺鎖在夢囈之中。子夜過後另一種聲音陰森無比從西面升起，又沉悶又固執，又巨大卻又壓抑。大運河的缺口把一種死亡的聲音從液體世界裡洩漏了出來，這種絕望的聲音排了漫長的隊伍伴隨瘋狂的顫動而來。大水迅速而又徹底地掃蕩了里下河，在激蕩的翻滾和撞擊過後，動物和植物的屍體開始了漂浮。世界被液體沖到了盡頭。迅雷不及掩耳。

黃昏時分三少爺馮節中沒有注意那麼多紅色昆蟲。老爺在村外轉了一圈進門時說，你們怎麼不去看紅蜻蜓？馮節中躺在紫竹椅上抽紙煙，顯得心思沉重。馮節中沒有和他的父親對視。馮節中從決定偷老爺的錢財那一刻起就開始迴避父親的目光了。馮節中在等待。他決定在雨夜動手。他想像過那個夜，雜亂的響聲綿延不斷，雷雨交加掩蓋了他的所有動靜，一切按部就班，最終了卻心願，然後，雨過天晴，青草嬌嫩，空氣乾淨剔透，太陽款款東升，馮節中在晨曦中和他的村莊告別，帶上祖上的珠寶錢財投奔世界。

我從沒見過這麼多紅蜻蜓，老爺站在天井裡大聲說，像老天爺化紙錢，滿天都在飛。

馮節中聽得見老爺說話。靜了一會兒，從紅木四仙桌上抓過朗聲打火機，握在手裡，咣噹咣噹開開合合了十幾次，逕直走出大院。走出大門馮節中真的看見了紅蜻蜓滿天的喧鬧紛繁。紅蜻蜓成了彤雲，下面是興高采烈的大人和孩子。馮節中沒去湊熱鬧，雙腳一高一低踏在兩級石階上，依在石獅的頸部，極不祥和的預感在他的胸中密密麻麻地四處飄飛。馮節中又看了一眼天，雲朵紅得過於賣力，顯示出一種由來已久的淒艷，彷彿隱藏在父親眼神裡的疑慮，是他醉酒之後常見的那種疑慮。馮節中看見雲朵在天上打量自己，恐懼涼颼颼地順了皮膚往上爬，像條毛毛蟲，有數不盡的腿和毛。

馮節中轉身回到天井，金二正挑了水桶往廚房裡挑水。金二的目光和馮節中不可迴避地對視了。在對視中金二的身子晃了一回，水桶往磚上溢出了幾處水跡。地磚還沒有乾透，不吃水，水就像蛇一樣歪歪扭扭地游動起來。馮節中走進自己的房間，順了木欞格看見金二拿了菜刀往水缸裡刮明礬。金二用木棍攪水時抬頭看了一眼馮節中的房間，馮節中在木欞後頭給金二做了個很猛烈的手勢。但金二什麼也沒看見。

金二是這場計畫中至關重要的部分。計畫之中金二被藏在馮少爺的床沿下面。入夏以來老爺把大門關得很死，臥室的房門卻是開著的。金二要做的事很簡單，把太太梳妝枱前的鼓形石凳挪開去，再把壓在石凳底下的那塊方地磚撬開，提出那只瓷壇，搬到東廂房，金二就可以從東廂房木窗上爬出去了。作為交易，事成後少爺為金二買個女人。金二得到這個允諾是在他的牛棚裡，金二聽到「女人」後兩眼就發光，他聞到牛棚裡幸福柔嫩的騷氣，少爺出去後他用光腳在小母牛的屁股上踹兩下，大聲說，你馬上沒用啦！我的雞雞快挪窩啦！

大雨比計畫來得更急。下得也過於賣力。馮節中躺在床上。滿院子都是閃電和雨霧。借助閃電馮節中看見馮家大院在錯覺裡向上升騰。大地不實在了，失去了可信賴的依托，一切都顯得過分，有一種猝不及防的恐懼把馮節中架空起來。馮節中從床櫃上取過懷表，金屬的涼意喚起了夏夜的悶熱。看完表馮節中的心開始加速跳躍，下了床，掀開竹席與床板，金二粗碩的黑色身影從床下緩緩升騰，伴隨很粗的鼻息。有一種壓迫已久的委屈與憤懣。金二跨出來跟在少爺的身後走向門口。金二赤著腳，腳掌與地磚發出很醒目的聲音，又乾糙又細膩。馮節中在黑暗中站了一刻，很猛地做了一個回頭的動作，金二有所領悟，重新邁步時腳下的聲音就不見了。馮節中輕輕地開了門，金二卻沒有跨出去。他們就那樣站著。聽得見彼此的喘氣與心跳。這時的一道閃電破窗而入，他們意外地發現黑暗裡頭他們一直在對視。瞳孔裡的黑色異乎尋常，是一種黑到極處的反光。他們匆匆避開目光，看見閃電的尾巴掃進堂屋，屋裡紅木家具的輪廓和散置的瓷器一同發出危險和易碎的光芒，有一種極不踏實的期待，等待被擊與粉碎。

金二跨出廂房門檻。為了減輕腳步聲金二踮了腳尖，頭部伸縮得很厲害，像一隻雞。馮節中半掩了門，兩隻手很緊地握緊了門框。但歷史在這時休克了。方向偏離了既定方針。這是歷史上常有的事。就在這樣的歷史性關頭馮節中的耳朵聽見了一種聲音，從兩邊傳過來。是一種液體的吟唱聲，長了毛。馮節中用力甩了頭部，那種吟唱卻更貼近更明晰了。長出了指甲。金二一定也聽見了什麼，他的黑色影子固定在了堂屋的正中央。大地開始抖動。馮節中就那樣站在黑暗裡，頭腦空掉了，遺忘了偉大使命。突然有人尖叫，有人慌亂地喊救命，又一個閃電，馮節中就看見長方體的水柱從方木欞格子中間噴湧進來。

二

春節前後天氣乾冷而又晴朗。太陽粉紅無力，在光禿峭厲的枯枝上頭像一只蛋黃，危險萬分。馮家灰黑色的磚瓦大院愈加堅固深闊。節日的喜慶也愈加隆重。馮家大院照例迎回了遠在北平讀大學的三少爺節中，馮節中照例又在元宵節過後返京上路。三少爺是方圓幾十里第一個進京念洋書的闊少，他的父親用洋錢把他從鄉野一直送到了京華。鄉裡人的記憶裡頭馮節中永遠穿一套白色西服，腳上的白皮鞋光亮閃爍，全身只有領口的蝴蝶結和頭髮是黑色的。馮節中的頭髮流蘇一樣整齊，滿頭梳齒印油光水亮，從前額一直拖到腦後——兩年前的初夏馮節中就是這身打扮返回鄉里的。那時村子裡剛剛飄拂春末茼蒿和羅漢豆的氣味。馮節中的兩手插在褲兜，胸前的懷表掛鏈閃閃發光。他的雙腿筆直修長，悠閒地四處走動。許多人站在泥牆草屋的旁邊向三少爺張望。他們身穿一色粗布單衣，張大了嘴巴，眼裡散發出愚蠢目光。偶爾有人堆上笑臉來打招呼，說簡短的奉承話。馮節中露出兩排光潔有力的牙，擺擺手，點頭微笑，後來圍上來的人就多了，大家聞到了馮節中身上陌生的香氣。一位年長的說，三少爺回來了嗎？馮節中站住腳，順手逗弄身邊婦女懷裡的嬰兒，嘴裡說，回來了，度假。人們聽不懂「度假」是怎麼回事，過了很久人們才猜出來，就是有錢人吃喝玩樂再嫖嫖賭賭。大夥圍著馮節中，像一群黑烏鴉圍著一隻白天鵝。一個少年走上來，摸住了白西服的巨大領口，馮節中的領口立即印上了烏黑手印。大夥緊張了，等著少爺發脾氣。他們都是知道老爺的壞脾氣的。馮節中卻笑起來，伸到口袋裡掏出一把叮噹響的東西，再在手上掂幾掂，隨手撒向了遠處。所有的人都撲上去，在地面上廝打。馮節中站了一刻，用另一隻手把剛才的事重做了一回，大夥又擠到了另一處。馮節中就轉過身去，地上的土塵隨他的皮鞋噗噗飛揚。村里很快傳開了，三少爺一點不小氣，一點不像他的惡煞老子和黃臉婆老娘。

清明前的一個雨天長工金二從縣城帶回了壞消息。金二回到村子裡說，少爺還沒有進京，少爺至今還留在縣城裡頭。壞消息在兩天後傳進了老爺耳朵。那時候金二正在和小母牛用心地親熱。雨還在下，老爺親自撐著那把醬紅色的油紙傘來到河邊的牛棚。老爺用腳踹開木門，木門發出了極其活潑的聲音。金二！老爺說，金二慌張地答應，隔了很久提了褲子出來。老爺聞見了棚內的氣味，七葷八素，是十幾樣氣味的混雜。金二的高大身軀堵在門框。金二嘟噥說，老爺。老爺沒有答應。只是盯著金二，看。金二的手越握越緊了，回過頭望那頭母牛。你在哪兒見到少爺了？老爺唬了臉問。金二掛了下巴，愣了一會兒，胳膊上鬆下來。我哪裡見到少爺了？金二眨巴了小眼說，我是說見到一個人長得像我們家少爺了。老爺說，在哪兒？金二說，街上。那條街上？金二又眨巴了一回小眼睛，大街上。金二看見老爺抓傘柄的手上了力氣，血管也暴了出來，就聽見老爺說，少爺要真沒進京，我扒你的皮。

谷雨那天馮節中自己證實了馮府的壞消息。他在谷雨的雨天裡返回了馮府。谷雨這天天上地下飄滿雨霧，許多植物上都長了水鏽。天低得只有槐樹那麼高。一些鳥類在樹巔上不安地聒噪，顯得輕佻浮躁。路被雨霧浸漬得十分泥濘，每踩一步都要帶走一塊路皮。中午老爺和太太正在屋裡用膳，聽見天井裡有人長長地「咦」了一聲，說，怎麼是三少爺？三少爺怎麼回來了？老爺沒聽清楚，抬頭時已看見一個人披了簑衣跨上了廊沿，身後的青色地磚上留了一排醬紅色泥腳印。太太認出了三少爺，夾在筷子上的臭鹹魚塊掉到桌面上。太太怔怔地說，你到底沒有進京去？老爺放下了碗筷。碗和筷在紅木桌上發出兩種不同音質的嚴厲響聲。馮節中下巴那一塊瘦得厲害，眼瞠的四周有一圈恍惚的黑色。馮節中解他的簑衣，他注意到老爺的腦袋正好蓋住了中堂畫軸中下山猛虎的頭部，老爺的臉色反射出古瓷器一樣的光芒。馮節中扔了簑衣說，我回來了。

老爺的指頭伸了過來，你給我回北平去，明天就走！馮節中在包銅門檻上刮過鞋泥，說，我一見到書就頭疼，那些東西有什麼用？老爺粗了嗓音說，還有半年，你就畢業了。馮節中進門後疲憊地坐下去，翹好了腿說，畢什麼業？你們還以為我真的讀書去了？這年頭還有誰在讀書？你給我走，回北平去，老爺的鼻息變得粗重了，現在就走！馮節中的哥嫂聽見了動靜便沿了走廊走了過來。他們站在方格子木欞門外，聽見了三弟的聲音。「要我回去，拿四千六百塊大洋來。」堂屋裡頓時寂靜如水，條枱上座鐘的數時聲都聽得清晰。「手氣不好有什麼辦法，」三弟不高興地說，「總不能叫我去北平送死，為了一張文憑，也不值得。」孽障！這是老爺的聲音。你不要這樣，三弟說，我沒輸你的錢，我欠下債，卻沒有輸你的錢。「我上回給你的學費哪裡去了？」老爺說。「這年頭錢不值錢了。」「你是不是全灑在百歲坊的窯子裡了？」老爺的嗓子低下來，顯得特別陰沉。三弟沒有搭腔，過了很久三弟卻笑起來，「也漲價了」，三弟說，「比京城裡的醜，比京城裡的老，卻比京城裡的貴，早就不是你那時候的價碼了。」

門外幾個直起了腰，呆呆地相互打量。一只景泰藍花瓶在堂屋裡砸碎了，幾塊碎片從門檻上顛跳出來，滾幾下，一塊停在了兄嫂的腳邊。上面有一隻仕女的瞌睡眼，欲開還閉。

這個家三代人的家產要敗在你手上。

錢算什麼，馮節中打了個呵欠往外走，他走路的模樣輕鬆而又不以為然，三代人才摳了這麼一丁點兒，還活什麼勁兒，啥時候我發了大財給您瞧瞧。馮節中說這句話時特意把字咬得很準，一口地道的京腔。

三少爺的意外歸來使太太的生日顯得無精打采。太太的生日是四月初四，兩個吉祥的雙數。這樣的日子只適於富貴命過生日的。下人們在向太太祝壽時總忘不了衝著兩個四說一聲「事事如意」。太太的壽宴總有一道紅燒全鱖魚，幾十年都成了規矩，太太說，全鱖魚一上桌，熱騰騰地又全、又貴又有餘。太太對下人關照說，今年年辰不好，但生日要好好做，「沖一沖」。

桃子在日午時分挎了竹籃，走進馮家大院送魚。桃子是第一次走進馮府。站在門前的石階，望著棗黑色大門上包鐵的釘卯，桃子產生了見世面的驚喜與緊張。門上的對聯已開始褪色，底部留了雨淋痕跡，桃子站著對了對聯看了好大一會兒，沒找到自己認識的字。這時候竹籃裡的鱖魚顛跳了兩下，桃子扠開五指摁住，用肘部推開門。大門的吱呀聲厚重堅固，桃子便沒有了信心。桃子從門縫裡看見了青灰色的高大建築和青灰色的乾淨天井。生活在船上的人對磚牆有一種特別的敏感，磚頭的背脊整齊參差，中間離開了同樣整齊參差的灰白勾勒。桃子聽見笑聲從堂屋和廚房裡傳出來，便側了身子走進去。她的胸脯碰著了門框，桃子就低下了頭，看見了綠方格上衣裡頭挺出來的乳房輪廓。上衣是媽媽的，在桃子身上特別掯身。桃子對自己的乳房日益膨大又羞愧又無奈。桃子挪出手拽拽上衣的前下擺，又想起屁股上有兩塊銅錢大的淺顏色補釘，就又拽了拽上衣的後下襬。

桃子聽見有人說，「喂」，側過腦袋，看見過廊上走來一位少爺。過廊是半圓形的，從後院一直繞到天井。少爺一隻手拿了一把紅蠟燭，另一隻手牽著一條棕褐色的狗。狗的灰白色目光盯著桃子，瞳孔的四周有一道金色圓圈，嗓子裡發出老人咳嗽之前的呼嚕聲。少爺抖動過手裡的皮帶，問，你是誰？

我是桃子。

我問你幹什麼來了。

我送魚。

少爺走到桃子對面。狗昂起嗅覺在桃子的身上仔細尋找。桃子的面龐漸漸地紅得透明。她低下眼角驚恐地注視狗鼻子。兩道濃密上挑的眼睫掛下來顯得可憐動人。鼻頭上沁出了汗珠。鼻樑很好。嘴唇也很好。下唇飽滿，布滿密密的豎條紋，在不知所措裡緩慢生動地下垂掛。

你是誰？

我送魚。

我問你叫什麼名字？

我是桃子。

水印躺在草堆旁邊，陽光不肯賣力，有點似有若無。他的酒葫蘆空著，掛在農具倉庫的土基泥牆上。水印的被褥就鋪在倉庫裡，四周掛滿鋤頭、丫叉、釘耙。水印的嘴裡銜了半根舊稻草，迷糊地哼著小曲。是《小寡婦》，聽上去卻像頌經。他就用那種飄滿佛家香煙的調子唱男女苟且事。無精打采，有口無心，順舌尖的意。

水印感到有人踢自己的腳板，停了哼嘰翻過身。又踢了兩腳，水印睜眼看見是三少爺。笑嘻嘻地站起來，黏了一身草屑。水印用單掌作過揖，馮節中卻躺了下去。馮節中閉了眼說，和尚，還是你會享福。水印重又坐下來，說，福來躲不脫。馮節中睜開一隻眼，看見水印頭上的戒疤懶懶地發出光亮。和尚，燙戒疤很疼吧？佛疼，我不疼。疤也燙了，你戒了什麼？佛戒，我不戒。馮節中坐起身和水印對視了一刻，水印很突然地問，少爺找我有事，說罷。馮節中便笑起來。說，給和尚送酒錢來了。水印也笑起來，笑得腮闊頭尖。馮節中說，給我把河東漁船上的桃子帶到你屋裡，這個月的酒錢算我的。水印盤在草地上，微笑，然後點頭就是不開口。馮節中伸出了兩根指頭。水印卻文不對題地念了一首偈頌：

蓮花不屬你，你卻嗅花香
縱然竊香氣，與賊無兩樣

馮節中笑笑說，師傅說對了，我卻是要做一回竊香賊。和尚又不開口，好半天才說，當年我在皇覺寺裡做和尚，因天天醉酒，得了一法號，叫食糞蟲。馮節中說，你又胡說了，皇覺寺也是你待的？那可是明朝開國皇帝佬兒念經的廟，早讓滿清人給燒了，哪裡來的皇覺寺？水印並不接他的話茬，說，想當初鴦伽國和揭佗國的交界處有條食糞蟲，專門吃醉漢吐出來的殘酒，醉了就往糞堆上爬，爬上稀糞堆再熱烘烘地往下陷。一條大象路過這裡，聞見臭氣掉頭就跑。食糞蟲以為大象怕它，高聲念了一首偈：

你是英雄我有力，兩強相遇比高低
令彼兩國長見識，大象請回莫躲避

大象聽了，也念了偈頌：

對付你這小東西，無須動用腿和鼻
既然你是食糞蟲，就用屎尿殺死你

我師傅說，水印，你的佛根是條食糞蟲，早讓大象的屎尿殺死了，你還是回到酒肉世界去吧。

馮節中大聲說道，哈哈，你是條食糞蟲。水印說，正是。馮節中興奮地伸出了三根指頭，低聲說，快去，事成了，我讓你在糞堆裡躺三個月。

水印的臉上沒表情，閉上眼，說：

我非你侍從，無法守候你
讓清天國路，要靠你自己

馮節中臉上的顏色說變就變。馮節中站起來，厲聲說，禿驢，消遣我？你好生等著，我讓你屎也吃不上尿也喝不著。水印慢騰騰地說，我只好喝酒吃肉了。

三

過路大水第三天清晨就退盡了。大地上只留下樹、馮家的磚瓦大院和難以數計的屍首。大水帶走了原有的秩序，遍地的魚類在陽光下鱗光閃爍。人類的每一次災難都以動物世界的紛繁喧鬧作為收場。馮家大院一片死寂。是一棵粗大的榆樹冠救了馮節中。馮節中從木欞窗口重新爬進去，他沒有找到金二；卻發現了滿堂屋的魚、青蛙、蟾蜍和蛇。馮節中取過兩只方杌子站在上面，讓方杌子做兩條腿，一步一步移到了老爺的房門口。廂門半掩著，門板上淤泥的紫黑色越往下越深。馮節中聽見了自己喘氣的聲音。他知道開了門就是父母留給他的兩軀屍身。石鼓凳沒有移動的跡象。四周均勻地吸附了淤泥塵埃。這時候大哥和二哥的屋裡響起了哭聲，聽得出是大哥、二嫂和一個侄女。上蒼對馮家不錯了，每家到底都留了活口。馮節中從杌子上下了地，細膩的淤泥從四個腳趾縫隙裡平平滑滑地往上冒，同時冒出肥沃的氣泡。馮節中不敢回頭。馮節中花了極大的力氣推開了石凳，從褲腰裡拔出尖刀撬開了地磚，果然是空的。馮節中摸到了圓形甕口，沉沉地提上來，撞在石凳上，竟滾出了十幾塊大小不整的石頭。憤怒使馮節中膽氣倍增，他回過頭來。回過頭他看見了兩具死屍的輪廓。根據粗細他分得清爹娘。他的父親和母親抱在一起被淤泥泡得無比浮腫。睜著的雙眼和呲開的門牙也附了一層泥，呈紫黑色。馮節中走過去，踹一腳，老爺的腹部嘩啦啦滾出了幾十條鰻魚，白花花滋溜溜地生龍活虎。馮節中尖叫一聲就衝進了堂屋。馮節中的光腳踩著魚、青蛙和蛇。打開大門幾百公斤的太陽金燦燦地射入了馮家堂屋，馮節中跳出去，握緊兩隻拳頭喊道：天啦！天啦！天啦！

老地主把錢藏在哪裡與歷史把真理藏在哪裡一樣，讓後人難以尋覓。馮節中一直在做一種假設，把自己想像成自己的地主老爹。他反反復復地追問：我到底把錢藏在哪兒了？精疲力竭的探索過後馮節中悲壯地發現，自己永遠不可能是親輩。子輩的想像力永遠碰摸不到父輩們遙遠的隱私。馮節中無限喪氣地放棄了尋覓。他找來大哥，草葬了馮家大院的所有屍體後，馮節中開始了極為困難的文化選擇。馮節中沒有翻到財寶，卻從紅木站櫃的頂部找出一副上等圍棋雲子和幾十卷古代書畫。馮家的祖上有了錢以後一直堅持附庸風雅，這是舊式地主生存的歷史慣性。老爺的成績不錯。馮節中將畫軸一張一張打開，是一些明清水墨寫意，立意是屈原發明的，用常見的幾種植物說自己的品行卓爾不群，再怎樣懷瑾不遇。老爺過去每次去揚州總會買回幾張，甚至有鄭板橋的一幅石頭，傲岸得有些惹事生非。馮節中將這些書畫和一些銀器收進了柳條箱，就走進了大哥的西側房。

大哥穿了夏布上衣坐在條凳上打愣，臉上的樣子如宣紙上的墨汁，布滿了浩莽煙霧。馮節中走進屋大哥抬了頭就那樣看他。馮節中說，你還傷心什麼？這樣的天災，活下來就不錯了，又不是我們一家。大哥的下唇毫無意義地關閉兩回，還是沒開口。馮節中說，我明天進城，你拿些錢給我，這個家也不必分了，全歸你。大哥站起來，大哥說你走？這樣的時候你怎麼能走？我們馮家在這裡住了五代了，怎麼在這時候走？馮節中的臉上沒有一點表情地說，要不還是分。你一半我一半，我把我那一半賣了。大哥的臉上隨即開始了亂雲飛渡，大哥說，姓馮的不死光了，這個家就不能賣。馮節中說，我也說不賣的好，就剩下了我們倆，你總要給我幾個，這才公平。大哥的眼淚很醜地流下來，馮節中不耐煩地攤開雙手說，哭什麼?性命都活下來了,你還哭什麼?

你要多少?大哥問。

你有多少?馮節中問。

四

馮節中差不多和日本人一同進了縣城。馮節中走的是小河叉,而日本人的汽艇則是從鯉魚河上有模有樣地開進來的。馮節中僱來的木船在黃昏時靠泊了楚水城糧行的石碼頭。這時候黃昏紅得不成樣子,水面上像浮了一層腥亮的血,順波浪的節奏猙獰晃動,又誇張又帶有某種啟發性。馮節中跨上石碼頭,手提箱放在腳邊。他的身後是那塊著名的石碑,碑上是隸體的陰文「楚水」,塗了硃紅的漆。那兩個隸字一波一折很是流動,柔和得像液體,體現出極蘊藏極堅韌的液體骨力。這兩個字如秦磚漢瓦一樣有了朝代。馮節中第一次進城時就問過父親,這個自古就隸屬揚州府的縣城怎麼會叫「楚水」的,父親便妄顧左右而言他,又機智又不失體面,這是人們面對歷史時保持體面的歷史性做法。

天災沒有波及縣城。城市的地址都是歷史選擇的,易於避災。市民們安居樂業,看不出災難,但許多流動的外鄉人臉上匯集了各處水災的破爛景象。馮節中回頭望了一眼河裡的紅色水光，想起了那群紅蜻蜓。他提起手提箱隨意走兩步，糧店裡的謝頂男人一直用一種狐疑的目光盯住他，巨大的下眼袋使他的打量顯得愚蠢痴騃。馮節中側過臉拿不准主意，是先理髮，還是先找客棧？

馮節中猶疑的當口遠處響起了馬達聲。順著聲音最先進入馮節中眼簾的是太陽旗。這種旗幟比馮節中看慣了的青天白日旗來得朝氣蓬勃鋒芒畢露。馮節中站在那裡沒動，大街上的紅男白女依舊認真投入地討價還價和一路說笑。糧店的禿頭男人似乎也聽到了什麼，順了馮節中的目光遠望了過去。他看不出發生了什麼，目光重新籠罩了馮節中又鬆散又遲鈍。

日本人的汽艇緩緩靠岸。表情凝重的日本人在石碼頭一排排站好。不久就圍過來好些閒人。他們興奮好奇地看著一群當兵的挺胸立正和稍息歸隊。這時候不遠處的小閣樓上突然有人喊：「日本人，是日本人！」人們相互打量了一回，轟地一下撒腿狂奔。整個大街彼此推拉與踐踏伴隨尖叫聲使胳膊與腿亂作一團。小商販們的瓜果四處流動。茶碗與成摞的瓷器驚恐地粉碎，發出失措無助的聲音。日本人沒有看中國人的狼狽樣。他們排成兩路縱隊，左手扶槍右臂筆直地甩動，在楚水城青石板馬路上踏出紀律嚴明的正步聲，噠。噠。噠。噠。噠。

土黃色的日本兵走在空曠的馬路上。青石板反射出夕陽悽楚無望的個性特徵。所有的門窗都關死了。露出窗欞格子上白紙糊成的豆腐方塊。四處望不見人，有幾只水壺放在煤爐上竄熱氣，蓋子給打得撲撲直響。馮節中走在街上，聽見遙遠的狗叫以及孩子們偶爾短促的啼哭。像一個恍惚的夢。

晚上的路燈時常明亮。十五瓦的燈泡照例引來稀稀落落的飛蛾、蝴蝶和土狗。天悶得很厲害，人們的感覺像套了一身日本人的黃色厚卡其布。大街的燈毫無意義地一路亮下去，呈現出一種寂寥昏黃的透視。住家的窗卻是黑著的。馮節中敲了幾家客棧門，無人應聲黃包車也沒有了，馮節中的雙手交替著提箱子。最終還是回到百歲坊來了。百歲坊的門前也是黑的，紅燈籠沒點火，石台階的兩側臥了兩三個手提酒瓶的叫化子。馮節中敲過門，門裡傳來了一串急促的走路聲。叫化子們的手卻伸了過來。馮節中又敲了兩回，生氣地喊，開門，是我，是三少爺我！過了一刻門吱開一道縫，露出了一個馬臉婆子的半張臉，是百歲坊裡最年長的女僕。紅蠟燭的光是從下巴下面照上來的，照亮了馬臉婆子的高顴骨和下嘴唇。是三少爺，我只當是化生[1]了，老婆子又緊張又討好地說。馮節中沒理會他。說主政[2]哪裡去了？夏鴇母就被三四個姑娘簇擁著從屏風的後面走出來。夏鴇母渾身是圓，身子上所有的帶子全陷進了肉裡，見了馮節中，三顆金門牙一同笑起來，金光閃閃。夏鴇母拉過馮節中的手，一同坐下去，說，小乖乖，都什麼時候了，再也找不出黃花女給你點大蠟燭了。馮節中聞到夏鴇母的身上發出熱烘烘的酸酒氣味，就點了根菸。不就是日本人來了嗎？馮節中轉著腦袋看了姑娘們一眼，日本人我可見多了，日本話我都會說。夏鴇母說，三少爺自然是見過大世面。姑娘們反正也閒著沒事，就在燭光底下撐起下巴，聽三少爺嘟嚕了一通「吉奧哇」、「哇噠西諾」和「期瑪斯」。

金二弄不懂日本人到楚水來做什麼。最初的幾天整個縣城墳墓一樣寂靜。日本人的皮靴在青石板上踩出一種陌生的悠揚。日本人沒有打仗。沒有人和日本打仗。他們整天縮在一個大院子裡，天曉得他們要做什麼。後來日本人三五成群地端著他們的長槍，上了刺刀，命令一些中國民工在鯉魚河邊為他們修築堡壘砲台。他們所有的命令都是由一個腰板和雙腿都挺得筆直的中國年輕人下達的。那個年輕人走路的模樣讓金二想起馮節中。金二沒有做過瓦工，他就一趟又一趟用肩膀抬那些青灰色磚頭。雙腿筆直的年輕人不停地用中國話說，快，給老子快。金二很快聽出來了，這個小子長了兩張舌頭，一張舌頭說中國話，另一張說日本話。

金二是由一群身穿黑色警服的中國警察抓住的。那時候是清晨。金二睡在東岳廟門前的油條攤旁邊。金二從大水中逃出性命以來一直住在縣城的東岳廟前。每天靠做一些粗活換幾個饅頭。大清早金二就聽見有人說，起來，操你媽，你起來。金二一則美夢正做到關鍵要害的部位。金二的屁股上挨了一腳，是大頭皮鞋，很硬。金二懊惱地醒來，盯住那只該死的皮鞋，隨後就緩緩地向上抬頭，抬了一半他的氣就短了，金二看見了黑色的褲管、制服和皮腰帶大沿帽。看什麼看！黑乎乎的巡警俯視著他又給了他一腳，起來，他說，用一隻手指住大廟，到牆邊站隊去。

修碉堡的十來天是金二進城後最痛快的日子。他的肚子每天可以讓大米或饅頭塞飽三次。這是金二精彩的人生片斷。金二捨得花力氣。鹽澤村北大尉對金二特別滿意，他誇了一張日本腰刀，用拳頭搗過金二的兩塊胸大肌，再點點頭。他的小鬍子也笑得特別滿意。鹽澤村北走向金二時金二停止了手裡的活，金二的神情很木然。金二沒有笑，就讓他在胸口捶了兩下。

工錢是縣衙裡一位戴眼鏡的先生發放的。金二們光了背脊在小方桌的前面排了長長的一支隊，背上閃爍油光。方桌上的洋錢堆了好幾處，兩個日本兵端了長槍站在方桌的兩側，刺刀尖挨著桌腿，因角度的變化不時發出刺眼光芒。金二走到桌邊，鹽澤村北正從新堡裡出來，身後跟了一個十八九歲的小兵。鹽澤大尉走到桌前，兩個端槍的日本兵叭地立正，刀尖上的亮光也急聚地閃了一回。鹽澤大尉隨手從桌上拿了一把，響噹噹放在金二的掌上。金二和鹽澤村北對視了一回，鹽澤笑起來，金二就低頭走了。

路燈亮得很慵懶。人們注意到日本人晚上一般不出來走動，大街上又有了些生氣。金二歪歪倒倒地走在石板路上，石板光滑得能照出路燈的大致陰影。金二拐進了百歲坊的狹長巷口，那些賣桂花糖、賣炒貨的地攤上昏黃的瓦斯燈鬼火一樣閃耀。百歲坊的紅燈籠已經不遠了，金二扶在牆上，突然想吐，金二原來只想喝半斤的，後來經不住小酒店老闆娘的笑臉和勸說，就又要了三兩。老闆娘勸他買酒時胖嘟嘟的肉手放在了金二的左肩，金二看見了老闆娘的手，雪白的手背上指根處長著肉窩窩。這個具有導向性的視覺形象使金二變得氣壯如牛。金二從懷裡掏出一塊硬硬的圓。叭地拍在又黑又油的案板上。案板被拍出一塊白色的錢印。金二說，知道我是誰？我是馮老爺家的大管家，這個，給你！金二說「給你」時就要去抓那隻手，金二想跳進小肉窩窩裡去。老闆娘拿了錢，用大拇指和食指夾住金二的手腕，另外三隻指頭就高高地翹著，把金二的手推了開去，隨後老闆娘回過頭。金二從鏡子裡看見這個胖女人的臉頓時變得和錢一樣硬。金二想罵人，實在又找不出話茬。

金二在百歲坊門前一頓惡吐。用衣袖擦了嘴，便覺得筋骨乏得厲害。金二進了門，看見五顏六色的幾個粉頭依在木柱上嗑瓜子，心裡頭就有了力氣。金二一隻手扶在櫃枱，另一隻指著裡頭，嘴裡喊，我有錢，老子有錢。

幾個粉頭相互對視了一回，笑起來，知道闖進了一位冤大頭。閒著正無聊，就拿他解悶。她們把手裡的瓜子放在條案上，齊齊地倚了一排，把旗袍的叉口處拉大了，眉眼間含煙帶雨起來。金二仗了懷裡的幾個小錢，剩著酒力上去就要動手。兩個門頭[3]走上來，請金二「坐」。金二回了頭說，坐什麼？我來就是睡，坐什麼坐！粉頭一同用手背捂了嘴笑，這時候一位大姐走上前來。金二見她的眉心長了一顆黑痣。黑痣說。哥哥，你當這裡是哪兒了？我們可不是下等窯子，我們做的都是上規矩的生意，哥哥第一回進了大門，先要花一塊大洋，打個茶圍，吃吃瓜子，算是見過面，要是心誠呢，再做做花頭，也就是擺上一席啦，萬萬不可一見了姑娘就要做事情的，那多猛浪。有了這麼兩回，妹妹才能給你鋪房間，慢慢地侍候，剩下的就歸你啦。

金二想了想，眨了小眼說，我就要睡你。後面的粉頭終於憋不住，笑出聲來。黑痣走上來摟過金二的胳膊，就往樓上扶。金二感覺到她的手在搓他的胸口和腿根，心裡頭一高興，就在她的胸脯上尋找高低變化。好半天沒找著，後來在她的褲帶的上頭摸到了她的兩隻肉袋子。金二一用力，女人就尖叫起來。金二嘟噥說，長錯了，都掛到下面來了，這是狗奶子。進了房黑痣給金二倒了一碗涼開水，金二坐在木床上，木床上散出拐了彎的濃香。金二接過碗就是兩大口，第三口金二才曉得是白酒。金二摔了碗剛要發脾氣，黑痣就把他摁下了，兩隻手在他的身上蛇一樣扭動蜿蜒。金二閉了眼，就在她的身上亂抓，毫無章法。黑痣低了聲音說，你慌什麼，這一夜全是你的，你慌什麼你，先歇一歇嘛。金二聽了這話那口氣便鬆下去，指頭也軟了，沒幾分鐘便打起呼嚕。一早醒來金二看見自己一絲不掛，記不起以前的事。他在地上找到了他的衣褲，飄滿酒氣，卻找不到銀洋了。金二衝下來就碰上了夏鴇母，金二說，我的錢，你們把我的錢偷到哪裡去了？夏鴇母說，你的錢？你有什麼錢？姑娘都讓你睡了，你還向我討錢不成？金二說，我嫖了誰了？你說我嫖了誰了？夏鴇母點了根菸說，小子，你想惹事是不是？這裡是旅館？你怎麼睡在這兒？告訴你小子，警察局長是我的靠山，我陪他睡過，縣太爺、大司令都上過我的身，再不快走，在這裡找死！這時候幾個粉頭用手絹捂了嘴，竊竊地笑，她們一同笑嘻嘻地把金二往外轟，嘴裡說，走吧走吧。金二看見她們每個人的眉心都點了一只黑痣，再也想不起來昨晚上到底是哪個臭娘們了。金二回過頭，高聲罵道，「我操你們！」粉頭們又笑起來，對他說，賺足了錢，你回來操。

金二走在百歲坊街再一次身無分文。金二聞見了炸油條和蒸包子的氣味。巷子的青石濕潺潺的有些露水。有人用力咳嗽，有人用力沖刷馬桶。金二走了幾步就看見了三少爺馮節中從迎面走來，金二喊一聲少爺，上去就大哭。馮節中就站住，一臉的驚異。馮節中說，你沒有死？你原來在這裡？金二聽見三少爺的詢問越發委屈，哭得像孩子。金二便將先前的事情說過，馮節中說，算了，我請你吃早茶。金二有些不安。馮節中說，走，吃茶去。金二的臉上感恩的樣子好一陣子擠來湧去，金二狠狠地說，生是馮家人，死做馮家鬼。

金二，你就跟我了，做我的保鑣。馮節中夾著蝦仁雞丁包子這麼說，我不開你工錢，只管你不餓肚子。金二的嘴裡塞滿早點，臉上卻狐疑。馮節中說，我沒騙你，你吃不窮我的。我要做大買賣了。金二伸長脖子咽下嘴裡的東西，問道，少爺到底準備做什麼？馮節中走了好半天的神，後來微笑，一直不再開口。馮節中反問說，你要有了錢會做什麼？金二說，開窯子，讓天下的女人全做婊子，馮節中大笑起來，身子都抖動了，半只包子連同筷子一同掉在地上。馮節中很突然停止了笑，站起身，一隻指頭指住了金二，金二你剛才說什麼？金二嚇了一跳，便說，我隨便瞎說說的。金二，你再說一遍，馮節中睜了眼睛說，金二你再說一遍。金二的雙唇因油膩愈加顯得像豬肝，金二囁嚅了雙唇說，我說有錢就開窯子。

曙光從東方升起，鮮嫩、抒情而又依戀。老天爺是故意這樣的，安排了天上人間的無情反諷。大災過後里下河的太陽一個勁地晴朗妖嬈，在藍的天和黑的地之間亮得孤單吃力，有一種自作多情和難以呼應的豔麗。

桃子家的漁船依舊停泊在豆腐房的石碼頭。水災前豆腐房的草旗總是在臨近午時分開起來，旗杆上的稻草或麥秸稈就在空中因風搖曳。這成了豆腐房出豆腐的俗成規矩。人們總是依據那把稻草去換豆腐。那時候豆腐房河邊的沿岸長滿劍麻，茂茂密密向四處出擊，瘋狂地伸出銳利的綠色。劍麻是里下河地區極為罕見的植物種類，人們弄不清什麼時候劍麻就長到豆腐房的河邊了。上了年紀的老者比年輕人更不情願推究歷史，他們用長長的旱菸指著豆腐房的河邊，昏昏然說，一直就在這兒，我們小的時候就長在這兒。

倖存者應該記得豆腐房的風景，那時桃子家的漁船停在岸邊，桃子總是盤坐在船頭，手裡抓了活計和岸上的人拉呱。石碼頭的階形石級光滑乾淨。在細雨迷濛中發出頑固堅實的光，這個碼頭在晴朗的下午時常匯集了汏衣洗菜的婦女，她們手腳麻利，滿嘴雞零狗碎。她們從你身邊走過時衣褂裡就會散播出田間耕作和上鍋下廚的混雜氣味。那些氣味籠罩在她們的大奶子和頭髮髻窩中間。她們把水弄得很響，白色水珠子跳得很高，許多鄉村隱私紅白喜事就在她們彈性飽滿的舌尖上擊鼓結花。

因為水漲船高，桃子的一家大難不死。她的瘸腳父親、母親和弟弟在大水中全部生還。小船被沖得很遠，划回時豆腐房已坍塌在原處，如狗的棄屍。那些土基在水裡饅頭一樣失去了筋骨，泥沙隨水而去，只留下磚頭牆基，保持了豆腐房的歷史跡象，被大水泡過的劍麻色彩與身姿失去了那種張狂，變得謙和與憂心忡忡。桃子感覺到餓。饑餓旋轉著身子在桃子的胃部上下扭動。這麼些日子桃子一直以魚當飯，她寧可餓著也不想吃該死的魚了。桃子甚至聞到了船上的腥氣，她可是從來聞不到的。那一回水印從石碼頭跨上船來，第一句就說船上腥。桃子笑著說，腥什麼？你才腥呢。水印沒有搭理桃子，只和桃子說了幾句閒話，就埋頭從前倉裡挑公鯽魚。桃子說，人家買魚全挑母的，你怎麼偏要吃公的？水印說，母魚仔多，吃魚仔罪過罪過。桃子笑出聲來，說，你罷了，你又喝酒又吃肉，也沒有罪過罪過。水印說這不一樣。水印說我將來死在水裡，魚反正是要吃我的。桃子說你就別吃魚了。這一回水印自己笑了，水印說，我要是一點都不吃，死了不就太虧了？你真的曉得人死後能到哪裡去？桃子換了話問，你說我能到哪裡去？水印便像模像樣看了桃子一回，說出來的話卻答非所問，水印說：「你是一條小青蛇。」

馮節中返回鄉裡的這天天色有點憂鬱。不少婦女都看到了馮節中立在船頭。他的白色襯衣與鄉村景象極不相容。金二站在馮節中的身後，身上的衣褲乾淨得有點不像金二。馮節中租了一條大木船，木船上的白帆像裹屍布，發出動人的召喚。馮節中習慣性地把木船靠在豆腐房的石碼頭，金二拿了一只破鑼，敲敲打打在村裡走了一轉，金二喊道，好消息，好消息，三少爺在石碼頭有好消息。大夥快去，天上下肉包子了，天上掉下來的好消息。大難不死的鄉親就三三兩兩地來到了石碼頭。馮節中一身雪白，立在船甲板，他的左手習慣地玩弄那只朗聲打火機。馮節中說，家鄉這麼大的災難，他心裡很難過，他自己也是死裡逃生，心裡很難過，馮節中說他不會見死人不救的。他一定請他上海、揚州和楚水的同學朋友幫忙，讓家鄉的父老鄉親有口飯吃，馮節中說他這次回來先帶一些鄉親去城裡做事。馮節中說城裡的屋子底下長了四只輪子，你要願意屋子開了就走。馮節中說城裡沒有河，有數不清的管子，這只管子往下淌水那只管子往外淌米，粗一些的管子就接人的大便和小便。馮節中說城裡可不是隨隨便便可以進的，鄉下人進了城東西南北就分不清了，瞎跑亂闖說不准跑到日本人的槍口上去。日本人可是專門殺中國人的，殺了再開膛破肚，腌好了用大輪船送到日本，日本的家家戶戶門前都掛著一兩個用中國人腌製的火腿，人來客去時用來下酒。馮節中說跟了他進城日本人就不會殺了，日本人這點面子是要給他的。馮節中說我們先帶二十個，我只能帶二十個，一天三頓米飯，臨睡前再加一個饅頭或肉包，一個月兩塊大洋，幹得好可以掙到三塊。馮節中說你們站好隊，這可是要立契約的。生死由命富貴在天，我可是要立契約的。馮節中說女人手巧，我們先要女的，沒成親沒婆家的無牽無掛，你們先到這裡來站隊。馮節中掉過頭去說十三歲？十三歲太小了，我要虧本的，十三歲我怎麼也不能要。——我說了我要虧本的，看在你爹的面子上我就虧了這一次，你說十三歲她才知道什麼？過馬路也要人攙扶。

漁船歸來時桃子遠遠看見碼頭上的熱鬧景象。桃子從那塊醒目的白色知道三少爺又回來了。許多姑娘坐在三少爺的大木船上，她們的臉上升起了太陽。她們興高采烈爭著向桃子招手打招呼。她們用一種類似民間戲曲裡花旦的韻腔道白告訴桃子：我們要進城了。

桃子說，你收下我，我手巧我什麼都能做。你收下我，我早上第一個起晚上最後一個睡。現在沒人吃魚，我再不出去掙錢我爹要把我賣了。你行行好少爺，你看在我給太太送過魚的分上你收下我，少爺。你給我們家一條生路我們一家給你們家老爺燒香，我曉得你心好少爺，全村人都曉得少爺你是菩薩心腸少爺。少爺你收下我，我給你跪下少爺。

馮節中看著桃子，桃子跪在甲板上仰著頭眼裡的淚花晶亮地閃動。馮節中笑著扶起桃子，握著桃子的手就是看，不說話。馮節中挪出一隻手攤開一張白紙，然後攥緊桃子的中指，在紅色印泥上摁一回，又把那團紅色的指紋印在白紙黑字的下邊。馮節中聽見桃子舒了口氣，半晌才說：「好了。」馮節中說過好了從口袋裡摸出兩塊大洋交到金二的手上，對桃子家的小漁船送了送下巴。金二接過錢就跳到小漁船上去了。桃子家的小漁船在金二的腳下悽慘地搖晃。金二把錢放在船板上，烏篷裡就衝出了桃子爹、娘、小弟的三張愚蠢木訥的黑色腦袋。

桃子跳進船艙裡，和她的鄉村姐妹站在一起。翠花拉著桃子手說，桃子，看你平常一說話就臉紅，你今天怎麼這麼能說。翠花這麼一說桃子的臉反而紅了，桃子鼻尖上閃著晶光，手裡拿著粗硬的黑髮辮在胸前機械地扯動。桃子幸福無比地說，我怎麼知道。桃子說這話時側過眼向高處望了一眼，馮節中正笑盈盈地俯視她，一隻手插在褲兜裡，另一隻手玩弄他的打火機。桃子看見了馮節中兩排光潔有力的牙，桃子側過身子，嘴裡說，我也不知道。

大木船進城後風聲說緊就緊了。日本人的皮靴聲在黑夜裡的青石路上反彈回來，和他們的探照燈一樣雪亮。小砲樓上的警報器聲在夜空裡也時常扭動屁股鬼叫。金二聽得出這聲音是從砲樓上傳出來的，卻怎麼也想不起樓頂上曾有這樣的怪物。投降日本人的縣長在一個清晨從鯉魚河的八字橋樁旁邊浮了上來。縣長趴在水面，兩隻手舉過了頭頂在水裡波動，蕩漾著投降的幸福模樣，一些魚圍在屍體的四周，如碎布剪貼而成的太陽一樣光芒萬丈。

戒嚴來得很快，馮節中用印有各式植物種類的紡織品裝潢了鄉親姐妹，為她們更換了新式髮型，她們極不習慣這樣的款式，槐香是兩個孩子的媽了，回到房子裡照了一會兒鏡子，對姐妹們開玩笑說，這像什麼？這快成小婊子了。姑娘們臉就紅了，隨後一同上去咯吱她的小腰。姑娘們說，撕她的嘴，看她往後還渾不渾，這時候馮節中推了門進來，唬了一張臉。馮節中從頭上取下禮帽罩住了拳頭說，當婊子又怎麼了？能當上婊子是大夥的福分。姑娘們便不敢吱聲了，她們猜不出三公子在外面受了什麼氣，會用這樣毒的話來慪她們。馮節中說。你們站好，我給你們改一下名字，不管識不識字，你們往後要記住你們的新名字。馮節中隨後從胸前的口袋裡掏出一張紙頭，報出了一大串名單。這串名字讓姑娘們一直摸不著頭緒，她們懷疑自己早就熟悉的話語是不是沒用了。

念奴嬌
沁園春
摸魚兒
滿江紅
醉花蔭
釵頭鳳
永遇樂
雙雙燕

南鄉子
聲聲慢
水龍吟
柳梢青
賀新郎
風入松
臨江仙
望海湖
蝶戀花
雨霖鈴
破陣子
虞美人
烏夜啼

完了。馮節中說。怎麼沒有我？桃子往前走了一步，臉上自卑地茫然，怎麼就沒有我？

你說，怎麼就沒有我？摸魚兒不喜歡自己的新名字，說，這個名字給桃子吧，她正好會摸魚。馮節中戴上帽字，口氣很不好地說，你留著自己慢慢摸吧。馮節中說完了就開了門出去。他的房子已經在石壩橋下全租好了，後天行將開張。

我做錯什麼？桃子站在人群中間慚愧地捂緊了臉，這又是怎麼了？

日本人往楚水城增兵是一個歷史之謎。歷史本身必須是謎，這是人類心智的極端需要。史書不過是部分人對歷史枝節的自作多情罷了。小鬍子鹽澤村北大尉腰挎日本戰刀，迎來了他的又一批部下。他們登上楚水城石碼頭是上午九時，這是一個絕對形而下、缺少歷史感與創造欲望的平常時間。整隊時鹽澤習慣地抬起了腕彎，瑞士產英格納手表的時針與分針成九十度正指上午九時。表內的時間是鹽澤從萘良出發時校對過的，至今沒做調整，田中將軍時常這樣說，日本士兵等於日本紀律，日本紀律等於瑞士手表。田中將軍是這麼說的。

日本人的增兵對馮節中而言一點不像謎，它實實在在地插入了馮節中的現在與未來。這是個人替代不了歷史本質的又一生物性佐證。鹽澤大尉的黃色人馬從石壩橋的八字斜坡徐徐而下時，迎面的拐角走來了一身潔白的馮節中。馮節中拐彎不久兩眼的目光便和鹽澤的雙目歷史性地撞上了。如悲劇的誕生，開始得極為平常，甚至帶上了偶然性質。悲劇的意義就是由一個偶然走向無可更改的毀滅性必然。馮節中一身雪白、步態從容，對鹽澤微笑著點了點頭，而後擦肩而過，鹽澤站在原處，他的手套與馮節中的西服一樣乾淨雪亮。他的右手舉到了齊耳的高度，一隊日本兵的腳步戛然而止，馮節中不期而然地停住腳步，側過頭。日本兵沒有看他。他們的單眼皮齊刷刷地正視前方。馮節中聽見了一雙威嚴的馬靴聲緩慢自傲地向他靠近：「你轉過身來。」馮節中轉過身，漢語在鹽澤的嘴裡帶上了陌生的恐怖性質。語言是靈魂的一道文化屏障或心理門檻，母語一旦被人掌握，將會產生被穿透的惶恐感。

你的漢語很好，先生。馮節中沒有用楚水方言，而是京腔。馮節中說話時注意到日本軍官的中年面孔長滿了青春痘。他的小鬍子極其傲岸。

你不是本地人。鹽澤說。

我是。

你不是本地人。

我在北平讀過大學。

唷西。你的名字。

馮節中。

馮節中？古詩裡說，依前聖以節中兮，喟憑心而歷茲。這是屈原的詩。他的詩很好，節中，你應當「節中」。

告辭了。

你還沒有請教我的大名。

我不想知道。

八嘎。你應當請教。

先生大名？

啨西。鹽澤村北大尉。你應當記住。

文化傾訴狂加侵略者構成了鹽澤村北瘋狂的生命兩極。鹽澤村北高興地從他的征服者裡找到了文化淵源的回音壁。他的軍事俘虜成了他的文化家園。他渴望從馮節中的心智中依靠漢語找到一塊生長在表意文字下面的東方風景，像圍棋盤上的金雞獨立、麻將桌上的自摸一樣，求得一種身心俱醉的相互認可與遙遠的親吻與擁抱，鹽澤村北只帶了兩個士兵就把馮節中叫進了酒館。他要了酒，坐在「在北平讀過大學」的「先生」面前，開始了四荒八極、諸子百家與天上人間。他首先說圍棋，他對馮節中不喜歡圍棋而遺憾而搖頭。在棋盤面前人如同如來佛一樣，鹽澤說自身分離開來了，自己俯視自己重新感知，人的生命一次性遺憾在圍棋裡消解了，鹽澤說，日本的圍棋只是種職業，在中國才是一種道。圍棋發源於漢字，它靠棋子去完成而結論卻在棋子的留空處，中國畫和書法則是圍棋的極端形式。你們為「空」而自豪。漢民族迷醉於「空」，所以我日本才有機會。總有一天，你們的圍棋還要超過我們，不過那時候你們又將面臨一場危機。鹽澤又談到了酒。鹽澤說中國酒是世界上最好的，正如中國的茶是世界上最好的一樣，酒是陽性的茶，茶是陰性的酒。有了酒和茶，中國就有了平衡。中國人如同酒一樣孤獨，茶一樣寂寞。孤獨與寂寞是人類的兩大敵人，但中國人不怕。中國人有酒與茶。鹽澤最後說起了文學。鹽澤說，他喜歡李後主，漢語歷史上最不可思議的李後主。將天堂與人間的喪失歌唱得那樣悽豔妖嬈——這對我們日本是一種啟迪和暗示。如同站在樓頂上遙視黃昏。鹽澤說中國文學史應當建立在兩個小說人物之上：薛寶釵與魯智深。「他們應當結婚。」真正的東方應當是魯智深與薛寶釵的兒女。這些兒女不在中國，「在我們大日本帝國。」應當注意這兩個人。我知道你們中國人越來越不注重他們了，「所以要我大老遠從奈良趕來說這些。」——你在這裡做什麼，馮先生？

我只想做點生意。

軍火？醫藥？大米嗎？

不，我在對面開一家妓館。

鹽澤村北很突然地沉默了。他在沉默的歷史時代用酒後的目光盯著馮節中。鹽澤獨自喝了杯酒，小酒館的老闆弓了腰問：要茶嗎？鹽澤將左手張成巴掌向後舉到齊耳高度，回絕了店老闆。鹽澤就那樣盯著馮節中，笑起來。馮節中的寒氣就往上竄。他又喝了一杯，借仰頭的機會移開視線。馮節中回過目光時鹽澤依然盯著他。「這裡剛剛發了大水，是嗎馮先生。」「我不知道。」「你不會不知道。馮先生，災難來了，你們的政府在徵兵，而你讓無家可歸的女人做婊子。支那人，這就是你們的酒與茶。」

鹽澤村北叫過了身邊的矮胖士兵，耳語了幾句。鹽澤站起身，把酒錢排到黑色桌面上。他看著桌上的錢，說，馮先生，我們到你的妓館去，還有我的五十名士兵。

不，鹽澤先生。……

用漢語是不可以說不的。

……還沒開館，……她們全都是姑娘。

很好。

你叫什麼？鹽澤用食指托起虞美人的下巴，虞美人僵直脖子斜了一眼馮節中，金二木頭一樣憨立在馮節中的身後。虞美人說：「虞美人。」鹽澤打了個愣，意味深長地回了馮節中一眼，說，好。——你呢？滿江紅。好——你呢？沁園春。很好，鹽澤說很好。鹽澤走到馮節中的面前拍著馮節中的肩膀說，中國的文化很偉大，文人卻無恥。真正的中國文化生存在我們日本，留在中國的做了一群婊子。你叫什麼名字？鹽澤對桃子說。

她沒有名字，鹽澤先生。

桃子驚恐地瞪大了眼睛，馮節中突然記起了桃子送魚時面對狼狗的動人瞬間。

就是你。鹽澤說。

不……

用支那語說「不」相當危險。

鹽澤先生，你不要這樣，她不是做那個的。

鹽澤的巴掌扶在了桃子的面頰，他的拇指滑過了桃子上挑俏麗的唇線。你不是花姑娘？

不。

——不。這個字應當用日語說。鹽澤這麼說。鹽澤轉過身指著馮節中說，支那人，這樣很不好！——她叫什麼？

她叫櫻。

你說什麼？

我說她叫櫻。

八嘎！鹽澤唬下臉給了馮節中兩個嘴巴。

日本大兵的嫖妓也是紀律嚴明的。他們分成兩隊，步調一致跑步而來。兩挺歪把子的「人」字形鐵架支撐，指向了大街東西兩個朝向。矮個子日兵用長刺刀頂住了馮節中和金二。鹽澤就抓住桃子的腕彎走上樓去。鹽澤的馬靴在木質樓梯上發出空曠幽古的回音。桃子回頭看一眼馮節中，預感到要發生什麼，她的雙腿便軟了。鹽澤一定抱緊了桃子，馮節中看見桃子的紅鞋離開了木板，懸空升騰了上去。

青玉館熱烈地開張了。爆竹聲粉碎了無數紅色紙屑，它們顫顫瑟瑟在半空搖晃，隨陽光的反射照耀出萬點繽紛。香菸如下流的指頭，在行人的鼻孔裡摳挖了幾下，便無趣地撤走了。青玉館的館名原始於鹽澤。這個因襲了古韻的妓館名稱與馮節中最初的意向驚人地相似。馮節中站在木欞格子門旁，看金二點燃最後一根爆竹，爆竹上燙了金紅色雙喜。爆竹拔地而起，在頂樓炸成兩截，狗屎撅一樣落地滾到牆角的溝裡。金二朝馮節中走來，馮節中的耳鼓被轟響炸得很厚，還有些餘音在打嗡嗡。馮節中向樓梯側了側腦袋，對金二說，去，除了桃子，隨你挑。金二唬了臉。我不，金二加大了嗓門說，馮節中厲聲說，還沒到你和我說不的時候，去，去挑一個。

鹽澤大尉全身戎裝朝青玉館走來。他結實的身體使土黃色軍服顯得又厚又悶。鹽澤身後的兩個士兵與鹽澤成等邊三角形機械地移動。你甚至可以聽出他們皮靴的聲音也是三角形的，穩定銳利，在石巷裡頭通行無阻。鹽澤對馮節中說，恭喜。馮節中無奈地說，請。鹽澤入座後腰繃得筆直，腿叉開來，呈九十度角的兩隻膝蓋指向樓道的不同梯口。鹽澤的雙手摁住大腿，他身後的士兵就走上來，在茶几上放下一只小布包。鹽澤用手把小包推向了馮節中，馮節中聽見了金屬磨擦的悅耳聲。你收下，鹽澤說，皇軍永遠也不會欠你什麼。馮節中看了鹽澤一眼，說，你們已經做了。鹽澤笑起來，我們做什麼了？我的兵向來守紀律，他們不胡來，他們只不過是付錢嫖妓，叫姑娘們當妓女的不是我們，是你。鹽澤很突然地轉了話題，那個桃子呢？馮節中茫然地問，誰？什麼桃子？她會說漢語，鹽澤說，不過她不行，她甚至叫床都不會，她像一條死魚，沒有韓國人的創造性和馬來亞人的熱情。她不是一個優秀的妓女，你們叫婊子，而我們叫花姑娘。

當晚沒有客人，燈籠懸掛在屋檐，因沒有風而顯得呆頭呆腦。馮節中在傍晚把滿江紅當眾給扒光了。這個小婊子連續不斷的嗚咽使青玉館的花楝雕樑染上了一層倒楣氣息。馮節中提了酒瓶大聲說，你們覺著丟臉面了？你們懂個屁！三百六十行，行行出狀元。不在於幹什麼，關鍵是能否幹好。這裡頭講究大了。妓家歷來就分三等，下處、堂子和小班。下處是什麼破玩意，咱稱它為「窯子」，弄來幾個土丫頭，愣頭愣腦，除了真刀真槍肉帛相見，沒了，完事了。楚水城的百歲坊正是這種髒東西！堂子就有些意思了，是風雅場所，一招一式總有個講究。不靠力氣，靠藝術。到了小班，那可真是大出息了，修練成了一個婊子就跟培養一個大學生似的，棋琴書畫詩詞賦你樣樣都能來。來開盤子叫局的是些什麼人，上至皇上公公、達官貴人，最次也撐得死留美博士。南京的妓館在哪兒？嚇你一大跟頭，在貢院對門。誰能和孔老夫子平起平坐？咱金粉之地，別以為你們是婊子，姐妹們，幹上三年，給你一皇后娘娘你都不幹。妓女和妓女可不一樣，就像官兒和官兒不一樣。官有七品，咱妓有九級，由下到上分成私窠、鹹水妹、大姐、小娘、官人、二三、么二、長三、書寓九樣等級。

可不是鬧著玩兒的。你們好好幹，我再教你們學點English，也就是英語，考好了你們至少是個長三。你們這裡頭一定能產生長三或書寓的。書寓是什麼？相當於大教授！

馮節中放下手裡的空酒瓶高聲說，金二，酒，再給我拿酒！

滿江紅望著馮節中不哭了。滿江紅紅腫了眼睛望著馮節中停止了最後幾個抽泣。馮節中望著滿江紅很突然地想起了另一樣東西，不可告人，是一首他最熟悉的詞。這個念頭使馮節中的後背上驚出了些許冷汗。兩股矛盾忤逆的力量撕破了馮節中心底最基礎的部分。馮節中聽到了這種聲音，是宣紙和絹帛的開裂聲。聲音離馮節中很遠，至少有一千年。馮節中喘著粗氣，只是一個勁頭喝。馮節中仰著頭只是說，好好幹，你們要好好幹。

新換的電燈泡無限透明。鎢絲呈梅花狀開放出電光。這樣的光使姑娘們的眼睛酸疼。原先的燈泡讓金二扔到水裡去了，在波浪裡不停地沉浮。舊燈泡的光芒像馮節中酒後的目光，詞不達意，過猶不及。舊燈泡永遠有種倒楣的氣息，泡壁滿是煙塵和指紋，四周掛著一層渾黃的圈。使整個大廳和樓上過道都蒙了一層灰。馮節中提著酒瓶只是灌。馮節中突然說，姑娘們，你們去過北平沒有？去過南京？揚州呢？「姑娘們」沒有說話，她們三三兩兩，依著門框，或扶住樓上的桅欄，也有一些站在大廳。她們神情痴呆，表情裡頭長滿狗尾巴草。那裡的妓館可是有名的，馮節中說，就像皇宮，——你們去過皇宮沒有？馮節中的紅色眼睛兔一樣瞄過所有人的臉，他壓低聲音神祕萬分地說，皇宮可是一點意思也沒有，一大院子的婊子，就皇帝老兒一根嫖客，其餘的男人呢？嗯？其餘的男人哪裡去了？他們給皇帝老兒騙啦！皇帝可是男人做的，男人一做了皇帝就要把天下的男人全騙了。這樣的事很遠啦，long long ago，馮節中大聲說，話說辛丑建元元年武帝劉徹在洛陽登基，皇帝老兒就這麼幹了。皇帝老兒說：「高力士，下一道聖旨，把他們全騙了！」這些《史記》上全有。《史記》是一個太監寫的，絕對錯不了，這個全瞞不過我。日本朋友來了，他們不行。依前聖以節中兮，喟憑心而歷茲。這裡頭有我的名字，還有奶水。蒹葭蒼蒼，白露為霜，所謂伊人，在水一方。窮天人之際，通古今之變，成一家之言。恨悠悠江山如故，痛生生遊魂四方，春寒鎖夢因春冷，芳氣襲人是酒香。漁陽鼙鼓動地來，不見玉顏空死處。蘇三離了洪洞縣，將生來在大街前，古人云：「死生亦大矣」豈不痛哉！梧桐更兼細雨，到黃昏、點點滴滴。胡人不敢南下而牧馬，士亦不敢彎弓而報怨。君不見，黃河之水天上來，奔流到海不復回。磨牙吮血，殺人如麻，錦城雖云樂，不如早還家。女兒愁，繡房竄出個大馬猴。一個蚊子哼哼，兩個蒼蠅嗡嗡。興，百姓苦，亡，百姓苦。嘟！且讓我喝過酒去，再來慢慢打你！……金二，金二，你過來。明天讓她們站到大街上去，血淚大甩賣。五個銅板摸一把，十個銅板樓上爬，誰要出到三十，讓他帶回家。賤賣了賤賣了。你們聽著，母雞會下蛋母狗能下崽，你們給我下出銅錢光洋來。你們一天兩根油條，一個饅頭六兩大米，床上一躺黃金萬兩，雙腿叉開銀子就來。你們聽多沒有！把我三爺惹火了我讓你們死不了活不成，聽見沒有你們這幫小婊子！三爺我見過多了。日本人算什麼？他還不是乖乖地把錢給我送來。修地球是賺不了錢的。

澤先生是我的朋友，他可是不好惹的。他讀過《紅樓夢》。小心我揍你。這輩子你們就這樣了，嫁不完的男人流不完的水。芝麻開花節節高。你以為自摸了一張八萬我就扳不回本來了？知道我和誰睡過？端午節當然要吃粽子。誰，說出來嚇你一跳，她可是司令太太。看過那輛吉普沒有？你小子算老幾，他媽的。和啦！我要是日本人誰敢不聽我的。日本人算什麼？我有法國朋友。日本人太小家子氣啦。不行，畢竟不行，他們差遠啦。

五

酒精淹沒了馮節中。馮節中在酒的孤寂中聽到了液體被撕裂的聲音。扁扁地打著唿哨，如強壯女人的小便。那一天下了大雨，雨水在屋檐的滴漏上掛下青色雨簾。九歲的馮節中少爺握著那杆深褐色的狼毫中楷臨摹《玄祕塔》。他的筆端疊了三塊銅板，教私塾的陸先生弓了腰立在他的身後。他的鼻端架著玳瑁二郎鏡，山羊鬍子花白色翹在前頭，又傲岸又無聊。過了一刻就聽見陸先生深長的嘆息。陸先生用手指背支開馮少爺，自己坐下去。馮節中就怕見老先生寫字前瘦骨伶仃的肅穆悲壯樣。老先生枯長的指頭把一枝毛筆轉動得活靈活現，在鐘形的澄泥硯上蘸了墨，舔了又舔，寫下兩個字：雅納。老先生說，一個字就是一個天地宇宙。中國字的每一筆都見得吐納收藏。小處有修身養性，獨善其身，大處見齊家治國，兼濟天下。我見過洋人的字，胡攪蠻纏，像扁豆藤、山芋苗，實在不成體統。每一筆都要運足了氣力，這樣，每一筆都意關宏旨，大意不得。內要方、直、虛；外要圓、潤、滿、弓出來，這樣。內中坦蕩如砥，得水靈山秀；外廓周到包蘊，見天精地英。這樣。一字方寸，顯盡偉岸雄奇，剛烈忠勇。陸先生剛說到這兒，老爺端了水煙從裡屋過來，老爺那時正處風流倜儻的壯年時光。陸先生指了宣紙上的兩個字詞問馮節中，「雅納，知道是什麼意思？」馮節中看了老爺一眼，笑笑說，知道了，是說收租子。老爺和私塾先生愣了一回，一同笑出聲來。老爺用火捻指著馮節中得意地說，犬子刁滑，犬子刁滑也！私塾先生跟著笑了幾聲，說，令郎聰穎過人，然……刁滑可喜，刁滑可喜。馮節中走上去摁下老爺的手臂吸一口水煙，從鼻孔裡分兩股叉出來，指了宣紙上的兩個顏體字說，這樣的字，什麼字？呆頭呆腦的愚樣。老先生又愣了一回，說，妙了。愚即忠，忠即愚，不見愚，何見忠？馮節中問，忠誰呀？先生便把腦袋捙下來，極嚴肅地說，當然是忠於皇上。馮節中說，皇上在哪兒？我怎麼沒見過？私塾先生便不作語了，只望著外面的雨發呆。老爺用小拇指的指甲撥弄著銅煙壺蓋子背面的小算盤珠，湊趣地說，世道變了，皇帝老兒他早就死了，私塾先生對「死」這個「宇宙」顯得不滿，臉上掛了萬古悲傷，幽古的悲劇風景高一腳低一腳地溝溝壑壑。老先生極蒼涼說，世道變嘍，沒什麼要忠的嘍。

後來桃子就進來了。桃子低順了眼，誰也沒看，只是把竹籃放在了方格子地磚上。老爺和老先生就撐了傘出去了。桃子說，節中，你怎麼還不到北平去？馮節中無限恍惚地聽見桃子喊他「節中」，覺得自己的名字十分地好聽。馮節中說，你怎麼知道我的名字？桃子很神祕地一笑，說，我算得出來，我會掐人的命，是水印和尚教我的。馮節中拉過桃子的手，端詳她的眼。她明媚的眼如羽毛一樣吹過了馮節中胸中湧動與寧靜的交界處。桃子身上散發出某種植物的暢酣氣息，馮節中的嗅覺浮在半空，他的嗅覺變成痛楚的指頭無序地亂抓。馮節中抓住了桃子，桃子的身體就如同鱔魚一樣緩慢地掙脫。馮節中感受著那種絕望的滑落。馮節中說，桃子，讓我抓住你。桃子說，你不誠心抓。誠心抓才能抓得住，馮節中猛然撲上去，書、筆架和墨從高處嘩嘩啦啦地掉下來。馮節中的手插進桃子的腋下，摸到一排布質紐扣。馮節中摒住呼吸一顆又一顆從上往下解。最後一顆扣子解脫後桃子露出藕色的貼身馬夾。土藍色上衣掛在了桃子的肩頭，桃子的嘴裡發出一串很痛苦的聲音。桃子聳起了兩只渾圓的肩頭，土藍色上衣就從桃子的肩頭令人高興地滑落下來了。馮節中把桃子摁在地磚上，隨後拿過一只座墊從桃子腰部華麗的背弓間塞了進去。桃子說，少爺，我的身子好不好？馮節中喘了口氣說，好，好。桃子又說，我留給你，你卻拿去孝敬日本人。馮節中沒料到桃子說出這樣的話來，就感到桃子的指尖沿著他的大腿向上遊動。馮節中看見自己的陽物毫無才華地自拋自棄了，在兩腿間垂頭喪氣，默默不語。桃子的手攆了它幾下，說，原來是這樣，要不怎麼把我送給小日本呢。馮節中大聲說，我不是這樣的，我怎麼會這樣！我一點點都不這樣。馮節中就這樣大聲呼叫著插入了桃子。桃子尖叫著說：「小日本，日本人來啦！」

馮節中在桃子的尖叫中醒來的，馮節中無可挽回地體驗自己的身不由己。一種液汁痛苦無助地排洩出了他的身體。他看見了褲子襠部顏色慢慢地加深。如私塾老先生的墨跡在宣紙上敷散。瀰漫了一種帶有濃重古典性質的氣味。馮節中醒酒後的第一句話就是要茶，馮節中說，茶，金二，給我茶。

生意好得像發酵的水溝，串出色彩斑斕的泡泡。最先「想開了」的幾個姑娘以極大的熱忱投入了她們的新生活。她們懶懶地說，就那麼回事。就那麼回事，這五個優秀的非形象的漢字支撐了大開大合的支那構架，使宏偉的漢語理想臻於平靜如水的符號止境。漢語的最終輝煌一定停止在這五座無色無嗅的抽象神塔中，供所有漢語的子民無聲膜拜。就那麼回事。

青玉館的低價服務復活了楚水城孤寥的男人們，上了些年紀的男人興致勃勃地來到青玉館，尋找自己的青春歲月。追憶風華茂密的「那陣子」。妓女們討好嫖客的叫床聲在每個夜間星光燦爛。幾位德高望重的遺老專程趕來，對至今不肯賣身的姑娘表示敬意。古琴高手程老先生懷抱拐杖，說，姑娘們身為難民，卻有古賢之態，難得，難得了。賣身與賣身卻是不同的，若逢同志知音，則高山流水，人生之一大幸也；若只得媾合之歡，金銀之利，則萬惡淫為首，大逆不道，惡矣，俗矣！老先生們坐在大廳談了一會兒琴棋書畫，梅蘭松菊，就從懷裡掏出了錢兩，算是加碗茶[4]定下香盟，包租了不肯接客的幾個姑娘。馮節中弓了腰說，小的一定好生管教，程老先生說，梳瓏費[5]以後再說，少不了馮先生的。馮節中有些恐惶了，好半天方說，日本人……她們早不是女兒身了……日本人已經……，程老先生便打斷了馮節中，生氣地說，那是日本朋友，不足掛齒的，無礙無妨。中國人裡，吾輩還是做第一人，足矣。馮節中感激無比地說，一定好生管教，由不得她們的。程老先生生氣了，唬了臉說，不可造次。果真那樣，吾輩豈不流於嫖客之屬了？不可造次。

大早沒有客人。馮節中讓金二把臨江仙和雨霖鈴扒光了綁在兩條凳子上。這兩個賤骨頭至今不肯接客。她們扯碎了馮節中為她們特製的旗袍，咆哮著說：「讓我回家。」馮節中今天要給點顏色。金二把姑娘們全招過來。就遞給了馮節中一根鞭子。馮節中說，蠢貨，客人要她們的好皮，打爛了她還能值幾個錢？馮節中打開一只小盒子，抽出兩根針炙銀針，隨後從屋子裡牽出了一條小花狗。整個青玉館便靜下來，人們弄不懂馮少爺要做什麼。馮節中走到雨霖鈴的身邊，在她的小腿上找到了漆眼穴，便把兩個銀針輕慢柔和地插了進去。看來不算太疼，姐妹們沒有聽見她吼叫。馮節中讓金二握住兩銀針，說，不要動，我讓你動你再動。馮節中牽了狗又來到了臨江仙的腳前，笑著說，不用怕，小哈巴狗不咬人的。馮節中拉過小哈巴狗，小狗鮮嫩的紅舌頭就舔臨江仙的腳板了。馮節中抬頭說，金二，捻，兩隻手一塊捻。姑娘們站在高低左右四周，姑娘們馬上聽到大廳裡響起了往死裡掙扎的尖叫與狂笑。她們看見了雨霖鈴和臨江仙結實的腹部青蛙打鳴一樣鼓動。等雨霖鈴和臨江仙尖叫夠了狂笑夠了，馮節中就說，停，想好了沒有？兩個姑娘張大了嘴巴拚命地呼吸。馮節中很不高興地說，換一換，讓她們另一個叫，另一個笑。

尖叫與狂笑交換了音質在每一隻耳朵裡犬牙交錯。過了一刻姑娘們便聽見雨霖鈴的笑聲啞了，只是臉上保留著走了樣的大笑模樣。雨霖鈴掉過頭看了馮節中一眼，馮節中看見了絕望中的祈求神色。馮節中站起身有點不耐煩地說，好了。馮節中坐到椅子上，說，金二，她答應了，你試試，她是真心還是假意。金二的手提了提褲子，向四周望了一回，面有難色地說，少爺。少爺的臉上沒風沒雨，只是重複了一遍。金二。金二脫了衣褲便撲上去。雨霖鈴被插入的剎那她頭部在地上來回轉動。她的轉髮紛亂如麻，白色身體在金二的衝擊下不停地變更幾何造型。馮節中走上去，一腳踩在金二的黑背脊上，金二便不動了。馮節中說，告訴我，想這樣還是想那樣？雨霖鈴的嘴眼全埋在了頭髮中間，雨霖鈴喘了口氣低聲說：「這樣。」馮節中說，哪樣？雨霖鈴說，接客。

「你們都聽見了？」馮節中上下瞄了一眼，掏出新買的朗聲打火機，一口氣開開合合了十幾回，自語說：「還不就那麼回事。」

程老先生撫了半個多時辰的古琴，他彈了《秋鴻》和《漁樵問答》，遺世不群之後，又揮毫寫了幾株紅梅，筆筆如鐵，傲視霜雪。題款曰：炎熱難當，借雪梅寒意以消熱暑。又壓印一方「楚州野鶴」，再補了一方陰文小篆印：「乾無欲坤無為。」

程老先生晚上七時推開了雨霖鈴的房門。雨霖鈴坐在床邊沿神情悽惻。紅蠟燭的燈光在她臉上疲憊地搖拽。瀟湘竹蔑涼席成了很好的背景，與雨霖鈴筆直垂落的長髮相補充。雨霖鈴的青春軀體被一層薄紗裹著，發出不可挽留的絕望青光。胸前的活扣掛在兩座乳峰之間，雨霖鈴望了一眼皺巴巴的程老先生，很緩慢地眨了一回眼睛，就去胸前拉那只活扣。程老先生卻止住了。洗了手，焚兩柱香，把雨霖鈴放平了，像父親一樣慈愛地輕拽了那根活扣。程老先生盤坐在雨霖鈴的身邊，十隻脫俗的枯瘦指頭在雨霖鈴的身上尋覓古韻和彈性，他歡愉而痛楚地解放了感知與情操，調動起他的指法。雨霖鈴開始不安地扭動。雨霖鈴驕躁起來，喘了氣說，先生，你上身吧。程老先生十分清晰地說，俗了，我在撫琴，你聽見沒有？是孔子的琴譜《幽蘭》。雨霖鈴說，你上身吧，程老先生說，你是張好琴。

程老先生繼續在演奏。他的指頭逐漸變得無比生硬與銳利。雨霖鈴的臉上飛動起四月芳菲，她艱難地呻吟，口齒不清地說，先生。程老先生便停止了，說，我可是花了大價錢的。程老先生又用兩條目光把雨霖鈴從頭到腿從高音到低音又彈奏了一遍，就撲了上去，很努力很用功地掙扎了好半天。他與自己的身體的鬥爭進行的殘酷而又艱苦卓絕，他終於認可了自己的力不從心，絕望地退到一邊。雨霖鈴看見老先生的生命之根在燭光下面像六月裡的蠟燭，皺巴巴的像承認什麼錯誤。雨霖鈴坐起來甩了頭髮說，先生忙了半天都忙了些什麼？程老先生側過身去，慚愧無比。露出了巨大猙獰的胯骨。老先生說：

我是要給你立牌坊的。

馮節中終於有空閒靜下心來看看那些古字畫了。看書畫時馮節中更改不了手執打火機朗朗作響的習慣。整整一個下午馮節中端詳了鄭板橋的那幅石頭。馮節中很突然地發現女人對他失卻了引力。這個感覺來得有些空谷來風。是一個尋常的中午。馮節中收了打火機想起來也該找個姑娘解解悶了。就樓上樓下挨了門一路挑過去。和他對視的姑娘對他討好地笑，那種「看開了」的女性笑容使他看到了某些動物種類的齜牙。他敲過每一扇門，離開時姑娘們就要跟出來。姑娘們依在門框，一邊磕瓜子一邊想弄清哪個婊子能把三爺迷住。最後幾道門馮節中就沒興致了，猶豫了片刻他回過頭來。他看見了她們齊唰唰地打量他。五顏六色的衣服擠滿了青玉館。衣裙在妓女的身上總有點滑稽。好像反而能提示男人一些什麼。小婊子們個個都很開心，誰也沒能又開來夾住她們的三少爺。結果公正比什麼都好。

古畫軸打開來有一種很特殊的氣味。氣味是承襲歷史最偉大的媒介之一。它勝過文字和傳說。馮節中一樣一樣掛下那些書畫，香粉、香水和唇膏的氣味就混雜在畫軸氣味的邊緣，綽綽約約。馮節中恍恍惚惚做了一回歷史喟嘆，他看見了毛筆和宣紙的文化實在過於空洞無聊。那些精神性、象徵性植物完全失卻了生態意義。在中國做一棵樹或一株草也是一件很累的事，這些植物婊子成了所有文化人的精神玩偶，它們不得不叉開枝丫接受一切強制。在一種麻木的、毫無激情的交媾中為文化人釋懷孤獨和不遇。毛筆就那樣姦污漢語歷史。

桃子推開木門。木門發出的聲音懶散而又枯寂。桃子依在門框上看了一眼牆上的畫，又無力地打量了一回三少爺。桃子臉上疲憊的神色使他的憂傷活靈活現。桃子就那樣依在門框上把兩隻手背在身後和三少爺對視。馮節中自己也弄不懂怎麼會有一點不知所措。這有點過於不期而然。過了很久馮節中才說，是桃子。又過了好久桃子才笑一笑，眨過眼睛。這樣的節奏適合於一些美麗的憂傷。後來是馮節中走上來，把桃子拉過來，關上門。桃子不肯再過來，依然靠在門的背面，兩隻手壓在身後，顯得特別累。那是什麼？桃子抽出一隻手指著桌上的黑白子粒恍恍惚惚地問。

圍棋，這是圍棋。

做什麼用？桃子木頭一樣這麼有口無心地說。

沒用。玩玩的。

怎麼個玩法？

黑的把白的吃掉，再不就是白的把黑的吃掉。

桃子便掉過頭不說話了。鼻子裡很粗地出了一聲氣，又舔了一回嘴唇。

想不想把我殺了？馮節中笑著問。

這是命。桃子看了腳尖搖搖頭說，我就是這命。

馮節中開始吻桃子。桃子僵直著身子不迴避也不呼應。馮節中在桃子毛茸茸的面頰上從這隻耳朵吻到另一隻耳朵。馮節中的吻最後在桃子的唇角停住了。不動。桃子的一滴淚就在這個長吻的最後時刻滴在了馮節中的上唇。馮節中放開桃子，桃子眼裡的淚珠積得相當厚，隨她眼珠的轉動晶瑩閃亮。

我恨你。我要殺了你！桃子大聲說。

馮節中毫無表情盯住了桃子，馮節中說話的模樣平靜如水。這是命，馮節中，說到就是這個命。

馮節中攬過桃子的腰。桃子的腰腹有極好的韌性與彈力。馮節中吻住了桃子的唇，桃子的下唇微微一動算是應付，馮節中伸出了舌頭，桃子就皺了眉把臉側過去。馮節中覺得身體似乎又有了起色。馮節中的雙唇貼住了桃子上唇上挑的部分，挪出一隻手捂住了桃子的下身。桃子掙脫開來，說，不要那樣，我噁心做那種事，你不要那樣，我看到男人的那東西就要吐。馮節中抱了桃子就往床邊摁，桃子的小腿把圍棋盒給碰倒了，圍棋子嘩啦著側身四處逃竄。馮節中放下桃子就扯她的衣褲，桃子的兩隻膝蓋抵住了馮節中的腹部。桃子說，少爺，我親戚來了，我求你了。馮節中沒弄懂「親戚」，又聽見桃子說，我身子髒了，少爺，來了好多好多紅，我求你了。馮節中臉上極不高興的樣子，便走到一幅《松鶴圖》面前點了根菸。桃子一邊整理自己一邊往外跑。馮節中背過手看看燃燒的菸頭，自語道，她親戚來了。

六

暴雨之前的悶熱在黑夜裡四處爬動。長了單調的雙腿和失去方位的腳趾。生活的進程大半以這樣的款式橫向展開。然後又是一場雨。又新鮮又萬變又不離其宗。嫖客們揮汗搏鬥。他們裸露的背脊和上肢被妓女們偽裝的激情弄得布滿指甲和牙齒的痕印。他們從一個妓女的腹部跳躍至另一個妓女的腹部。妓女們則按照阿拉伯數字的排列順序迎接男人，為每一個阿拉伯數字微笑、挑逗、撫摸而後接受他們的性分泌物。分泌物的氣味縈繞在青玉館的欄杆四周，這樣的氣味古怪透頂，充滿了生與死的辯證法，充滿了男人與妓女之間醜陋的快感與猙獰的享受。電燈泡亮得縱欲過度，艾蘭香香得疲憊不堪，草薦與枕頭傷筋動骨。下雨了，猛烈而又躍動，如男人的腰腹。如注的雨聲裡妓女的叫床聲誇張活潑。

夏鴇母就在這樣的雨夜走進了青玉館。她的身後是三個黑色男人。夏鴇母站在醬紅色油紙傘下面，宛如太后駕臨。夏鴇母的手裡提了一只小白紙燈籠，巡視了一回，便在廳堂裡入座。身後的男人收了傘，站到夏鴇母的身後去。夏鴇母這時候很意外地看見了金二，沒開口，只是胖胖地微笑，露出一顆半金牙。夏鴇母誰的臉也不看，對了半空說，叫我的兒來見我。金二眨了眼想了片刻，便叫來了馮節中。馮節中走進大廳就愣住了，沒有招呼，卻回過頭去，關照說上茶。夏鴇母說，罷了，我的兒，你越發不曉得這一行的規矩了，青樓裡頭「獻茶敬客」這樣的話，只配是鸚鵡學舌的，這才有了鸚鵡喚茶一說。馮節中聽到了「規矩」，心中明白了七八分，就掏出菸來，用打火機點上，賠著笑，說，媽媽見教的是。你到底又叫我媽媽了，我的兒。夏鴇母笑著遞過來一盞白紙燈籠，說，聽兒說北平有這麼一個說法，妓家要送嫖客白紙燈籠的。兒，你到底上過娘的身，娘服侍你從頭到腳讓你舒坦，今天這白紙燈籠，算是補上，兒，娘給你送白燈籠你也該為你娘擺個枱面。馮節中尷尬地回過頭四處望了一遍，沒血色的臉漲得通紅，慌忙說，媽媽可把話說到外國去了。夏鴇母大笑起來，身上的肉也上下一齊滾動。夏鴇母笑完了卻唬下臉來，大聲說，兒，你可也太不地道了，做生意搶漲不搶降，你竟把佛事做到你娘的頭上來。馮節中望著夏鴇母，手裡撥弄著朗聲打火機就是不開口。媽媽弄岔了，馮節中最後說，我這裡的手下不比媽媽調教得好，除了動真傢伙，手藝還差，再說，日本朋友給她們破了瓜，就給了這個價，不給日本朋友一點面子，兒這裡也不好交待。夏鴇母呼一下就站起來，臉上的顏色重了，兒，夏鴇母說，你還嫩呢，——日本人？媽媽我什麼人沒侍候過？日本人！媽媽我要是年輕十歲一個人就把他們全嫖了。你別拿日本人的小雞雞當門栓，你要真的存心對不起你娘，你娘的上下兩張嘴可全不吃素的。走人。

迎接馮節中的是兩把刺刀。兩把刺刀的刀尖挑著兩道白亮的弧光。馮節中抬頭看了一眼砲樓，樓頂上的日本兵像砌在樓頂上的。只有帽後沿遮陽布片在風中顯得過於活潑。馮節中仰了脖子接連喊兩聲鹽澤先生，鹽澤先生的腦袋便從三樓的機槍口裡伸了出來。鹽澤牙齒的光芒說明他在笑。馮節中的左手握著一卷圓圓的卷筒，就用右手的手背撥開了一只刺刀。馮節中做這個動作時故意放慢了節奏。日本士兵沒有堅持。馮節中走進砲樓時知道日本兵在看，馮節中走得便有點斯文，超越了傲慢與自卑。

小方桌上散了一盤棋。最終的結局已兩敗俱傷。黑白兩色零零散散地殘亂在盤面。彼此滲透、侵蝕、陰謀、設陷、錙銖必較、針鋒相對，又顯得親昵、依偎、閒適和大度，那樣地隨遇而安。鹽澤說，下盤棋。馮節中有些慌亂地擺擺手，不不不，我的棋很臭。鹽澤說，只有臭棋士，沒有臭棋。馮節中笑笑說，我真的不行。鹽澤說，中國人應當玩得好。圍棋的方式就是你們支那人的存在方式。你們喜歡「空」。

馮節中笑而不答。牆上的太陽旗下掛著弧形東洋刀。上挑的刀柄和冷靜無言的刀尖遙相呼應。馮節中只是笑而不答。馮節中用食指彈擊了刀背，東洋刀發出了優質鋼材特有的共鳴。馮節中有些突然地說，鹽澤先生，您認為貴軍在敝國能待多久？你懷疑大日本皇軍？鹽澤青了臉說，我不懷疑貴軍，馮節中說，貴軍比我們的部隊優秀，但軍隊能打勝仗和占領一個民族完全是兩碼事，占領一個民族不能靠武器的批判，只能靠批判的武器。這個武器是什麼？是文化。東洋刀能砍斷一棵樹，一條腿，但「東洋刀」在「空」面前便會無所適從。馮節中把卷筒上褐黃色的油紙撕開來了，露出了一卷畫軸。馮節中小心地打開，蒼蒼茫茫的山群連同纏繞不散的雲層次第展露。誰？鹽澤吃驚地說，是誰的作品？馮節中說，誰的並不重要，要緊的是我們的藝術家對世界真諦的把握方法：散點和留空。您說，面對它，刀劍又能做些什麼？鹽澤臉上的顏色開始變了，他的目光硬硬地頂住馮節中，左手慢慢地打開風紀。給您的，馮節中突然對畫軸伸出一隻巴掌，送給您。你說什麼？鹽澤的神情蒼茫了起來，你說了什麼？馮節中側過臉又打量了一眼日本旗和那把東洋刀，不開口了。鹽澤望著畫卻是不動。馮節中坐在凳子上撫弄下唇，冷冷地注視鹽澤被征服的模樣。作為交換，我請您辦件事，馮節中說。鹽澤沒有回頭，鹽澤說，說。我遇上了麻煩，馮節中說，我請求您的保護。鹽澤多肉的雙手背在身後。馮節中看見鹽澤的指頭意義不明地動了幾下。鹽澤轉過身，他的轉身伴隨沉悶的皮靴聲，鹽澤的雙手依然背在身後，扠著兩條粗短的腿。馮節中坐著，鹽澤站著，他們就這樣對視。圍棋子和畫軸、太陽旗和東洋刀陪伴著這個歷史瞬間，給定了氛圍與背景。

唷西，鹽澤說，我答應你。

馮節中站起身，往樓梯口走過去，在鹽澤的身邊馮節中很多餘地側過了身子。鹽澤伸出一隻手，放在了馮節中的肩上。我答應你，鹽澤說，你實在太無恥，馮先生。

青玉館很安靜，馮節中回到青玉館便看見滿江紅坐在牆角側著臉照鏡子，滿江紅一臉的懶散，花布褲子屁股那一把皺得橫七豎八，像八十歲了。這個小婊子依靠自己的天才努力成了青玉館的頭牌名妓。她真是一塊寶貝，男人們「用了都說好」。馮節中跨進門檻心情無比輕快，滿江紅就站起身，她用力抿動雙唇，企圖讓口紅變得均勻。少爺，滿江紅說。滿江紅疲憊茫然的模樣使她頃刻間增添了風情萬種，她有氣無力的稱呼有一種瀕臨凋謝的淒絕。你在這裡幹什麼？馮節中問。我一連接了九個了，我累，我要歇歇，滿江紅說。滿江紅說話時搖動她的頭部，她的頭髮水藻一樣波動，具備了生動的啟發性。馮節中盯了滿江紅一會，說，到我房裡來。

滿江紅站在原地，心頭湧上無限的山花爛漫。滿江紅聽見馮少爺打開了自己的房門。躡手躡腳地跟進去。馮節中的兩手托在後腦躺在床上，聽見滿江紅猶豫的腳步在門檻內側停止了。滿江紅一手抓住門耳想掩上門，就聽見馮節中說，不要關。滿江紅便把半掩的門放在那裡，走到馮節中的床沿，馮節中閉了眼只是不動。滿江紅蹲下去，給他搓捏大腿和腿根。自己脫了，馮節中說。滿江紅看一眼門外，又看了大開的窗口，她的手在身上前後左右摸了一遍。八十歲的衣褲就順著她的身體掉到地磚上了。滿江紅原地站著用左腳尖踩住右腳跟，把右腳的繡花鞋脫了，再用光腳尖踩住右腳跟，把右腳的繡花鞋脫了，她就那樣赤條條地帶雨含煙嬌萬態。抬腿從地面的褲腰上跨出來，馮節中聞到了她身上瀰散開來的酸味，那種氣味是多種男人的混合，聞上去令人絕望。馮節中瞇了眼望著她的醬紅色奶頭，聽見她說，是你來還是我來，少爺？馮節中的興致有點像血壓表上的水銀柱，一點一點降下去了。馮節中懶懶地說，你來，你要用心。滿江紅就小心翼翼地把馮少爺的衣物御去，她的指尖如同蚯蚓一樣在馮節中的皮膚上耐心討好地蠕動。她依據馮節中的鼻息找到了馮少爺幾處最肥沃的感覺區，她用鼻尖和舌尖給了馮少爺的皮膚無數小兔子，讓這些可憐的兔子興高采烈，活蹦亂跳。滿江紅埋了頭說，少爺，關上門窗吧。馮節中喘了粗氣說，我們就做這個，怕什麼。滿江紅就說，這樣不好嘛。馮節中的身體被滿江紅調弄得像燒紅的棺材釘，在一種強節奏的打擊下發出蓬勃火星，馮節中的身體完全被無法抗拒的節奏弄得四分五裂。馮節中喊道：天啦、天啦，天啦。隨後馮節中就被扔進了水裡，淬了火就被扔到了一邊，與其他棺材釘一同發出鐵釘的鐵腥氣味。滿江紅的眼睛如一隻渴睡的貓。滿江紅說，少爺。馮節中賞給了她一組撫摸，他用巴掌撫住了她的半張臉，滿江紅便懶洋洋地蹭幾下。馮節中很滿足地笑起來，說，做婊子你是天才，你天生就是一個婊子的料。

桃子進屋時滿江紅正站在兩只繡花鞋面上提衣褲。馮節中在床上已經發出了輕微的鼾聲。桃子目睹了這個驚心動魄的場面，沒有往回走。桃子站在門口，看著滿江紅套好衣服紐好最後一個上衣紐扣。滿江紅從桃子的身邊扭動屁股勝利地打道回府。桃子站了一會兒，很突然地衝向了滿江紅的房間，滿江紅說，幹嗎？你想幹嗎？滿江紅的語調充滿了深刻的倦意。你這個臭婊子，好半天後桃子這樣說。桃子的聲音是從牙齒縫隙裡出來的，帶了一股寒颼颼的齒音。滿江紅一手拿了荷色絹笑盈盈地走過來，她的指頭四周有一種誘惑淫邪的半透明光芒。你以為你是什麼？滿江紅說，說你是婊子都抬舉你，你還以為你算個東西？你這個臭婊子，桃子說，桃子重複完了這句就抿緊了雙唇眼裡開始閃爍淚花。婊子？滿江紅冷笑說，誰嫖誰還說不定呢。滿江紅顯然沒有興致和桃子說下去，她轉過臉，把輪廓分明表情細膩的臀部對著桃子。桃子尖叫了一聲衝上去揪緊了滿江紅的頭髮，滿江紅一頭烏髮就在桃子的手裡蛇類一樣鮮嫩地躍動。金二走過來。金二看見兩個女人的頭髮使整個世界像液體一樣波動起來。她們瘋狂失真的聲音彷彿郊外眼睛餓綠的母狗。金二說，你們做什麼？你們省點氣力留給客人。滿江紅喘了口大氣說，給客人？她也有客人？她知道自己的東西長在哪兒？

桃子坐在鏡子面前，橢圓形的鏡面映照出桃子鬆動恍惚的內心景象。桃子就那樣望自己。視而不見。桃子的眼睛風平浪靜。追憶中的往日歲月卻漸漸地眉清目秀。桃子不是依靠皮膚觸覺，而是從鏡子裡看見兩滴淚水從眼眶的內側向下蜿蜒的。豆腐房與劍麻構成岸的形象，在桃子的想像裡綿延無際。豆腐房劍麻，再豆腐房劍麻。

桃子聽見樓下姐妹們歡笑的聲音。艾蘭香瘦長輕靈的身體在樑柱旁呈之字形遊動。桃子伸出手撥弄了一回鏡子，屋樑，窗口及蛛網裡出現了四十五度的誤差構造。屋樑粗大結實，在鏡子中成了桃子面部的黑色背景。桃子盯住那道圓柱形的樑，眼裡有了光。桃子看見屋樑向自己伸出了溫柔無比的手指，柳枝一樣晃動，向自己發出溫馨召喚。死亡在屋子的上空微笑。死亡豔麗芬芳的面容掛在屋樑的下面，對桃子嫵媚地眨眼。桃子看見自己身不由己地跟著笑了，兩隻眼清亮明澈地憧憬屋樑。桃子看見自己笑得美麗異常，彷彿來自另一個極端世界，如小銀魚在水中卷起漩渦。桃子開始了梳妝。桃子小心翼翼地描畫臉上的一草一木，這些招睞嫖客的脂粉使桃子淒豔冷凝，在死亡的邊緣煙雨迷濛，像一種高貴的鳥類在水中投下搖晃的影子。桃子說，你是誰呀？鏡子裡說，我是桃子。桃子說，你怎麼在這裡？鏡子裡說，我沒地方去了，我做了婊子了，桃子說，做就是了，好多人就是做了婊子才立牌坊的。鏡子裡說，可我又沒做成，我只有做了婊子的名分。桃子說，你怎麼這樣，你以為少爺喜歡你了？其實那不就是做了婊子了？鏡子裡笑起來，笑得如同玻璃一樣空洞清涼，鏡子裡說，你以為我不明白？桃子說，全明白了你還坐在這裡幹什麼？回過頭去，看看屋樑，人家可在等你呢。鏡子裡的關照說，拿兩條綢緞料子來，拴到樑上去，打個結，再把腦袋套進去。桃子看見鏡子裡的人轉過了身去，才放心地掉過頭。桃子打開了柳條箱，把所有的絲質面料全繫在一塊。桃子把白綢帶扔上了木樑。拽了拽，和死亡一樣結實。桃子站上了凳，站了一會又走了下來，桃子走上前調整過鏡子，讓鏡子能照見這裡的一切。桃子要看見死亡緩慢地在自己身上降臨。桃子把絲質面料扣套上自己的脖子。桃子看見鏡面裡的自己乾淨美麗地微笑起來。桃子說，我可真的是好看呢。桃子望著自己慢慢就愣住了。捨不得死了。桃子又想了片刻，就想把套子解下來，夠不著了。桃子踮起了腳尖。桃子一不小心凳子就倒下去了。在地板上發出了瘋狂的聲音。桃子的雙手拉住套子。想喊救命，聲音出不來了。桃子看見自己的雙手張在半空，顏色紫暗了下去，每一個關節都峭厲生硬，像掐住了一樣什麼東西。桃子的下巴絕望地往下垂掛，舌頭又滑又軟黃鱔一樣一點一點向下游滑。血往上噴湧，從口腔與鼻子裡頭噴出來，桃子看見紅色血霧瀰漫了四周。給即將來臨的死亡罩上了熱烈嬈豔的華麗景象。桃子不想讓舌頭吐在外頭，想收進去，舌頭再也不聽她的話了。桃子的腿空蹬了幾下，身子開始旋轉。桃子聽見屋樑上發出了木頭的乾澀聲音。桃子用心聽了一回，什麼也聽不見了。

是金二發現了桃子的屍體。金二撞開門最先看見的是桃子的舌頭。金二撲上去，兩隻手抓住了兩個腳踝，又硬又涼，金二鬆了手一屁股坐下去，雙手撐在了地板上，滑了一下。金二看見滿地都是醬紅色的細粹血珠，又均勻又密集。金二爬上去解了套子，桃子咚地一下掉在地板上，直挺挺地站住了，隨後硬硬地後仰下去。金二抱起桃子，走進馮節中的屋裡。馮節中一個人正下圍棋。金二站在馮節中的面前，只是不動。後來馮節中抬起頭。打了個愣。金二說，是桃子。馮節中說，知道了。

七

大霧籠罩了鯉魚河，像漂了大捆大捆的棉花。不見波浪的河面歪歪斜斜留下了行船的水跡，是水的疤。無痛感的水被槳櫓撕裂後又癒合，就這樣莫名其妙地亙古不變。楚水城被鯉魚河環擁著，流進去一些，又流出來一些，河床的沿岸沒有能夠呈現搖曳生姿的植物風景線，讓多種色質的植物種類吞吐泥土陽光與水的混合味道，沙岸就那樣成了碼頭，被一夜靠泊占盡岸邊風流。

大清早一個日本兵的屍體就從鯉魚沙面漂了上來。最初發現日本兵屍體的是一個淘早飯米的中年女人。中年女人蹲在船邦上面剔大米裡的砂子，隨後從水下就泛上來土黃色的衣襟。中年女人看了看岸上，沒人，伸手就去取那件上衣。中年女人的手拖了一下，土黃色的上衣就轉過來了。從船肚子裡頭伸出來一顆腦袋，緊閉了眼睛，中年女人一屁股坐了下去，張了嘴巴話語好半天找不到舌頭。那個日本兵的頭被船邊的波浪弄得一上一下，烏黑的長髮水母一樣開開合合，變更著水的婀娜姿態。

消息傳開後大街一下子就空了，像妓女上午八點鐘的褲襠。楚水城都知道城裡多出了一具屍體。日本兵的腳步很亂，臉上的神情卻清一色的肅殺。他們的槍口神經質地尋找腦袋，日本話粗魯地踢中國人的耳朵，沒有耐心。楚水城的中國耳朵們被穿了皮靴的日本話弄得不知所措。

傍晚時分日本兵衝進了青玉館。金二堵在門口，被水黃色的木質槍托搡了一把。幾個妓女湧上來，隨後就尖叫著退回各自的房間去了，妓女們半掩了門，只露出半張臉和一隻腿。這時候西天有幾抹紅霞，像癆病鬼隨意而吐的痰跡。日本兵衝進青玉館後立即成了兩隊，刺刀的刀尖拉出兩道雪亮的透視。鹽澤隨後從兩隊刺刀中間闊步而入。馮節中沒有上去打招呼，鹽澤的眼睛已經不認得人了。馮節中從兩個日本兵的衣袖空隙裡看見了金二，金二的臉上很寧和，沒有憤怒與恐懼，他像一隻雞看一隻貓那樣，漠不關心地打量如臨大敵的日本兵。金二就那樣用呆板寧和的眼睛看馮節中。

鹽澤的目光在單眼皮下顯得加倍地有力。單眼皮更能有效地體現出男人的威嚴。鹽澤背了手，他帶了白手套。戰爭時代的白手套有一種企待鮮血去噴湧、去污染的渴望，透出嚴厲的恐怖。鹽澤走上樓，青玉館靜得只有鹽澤的皮鞋聲，被木質樓梯吱吱呀呀按等值節奏送上二樓。馮節中情不自禁跟了上去。所有的人都看見馮節中尖翹著的屁股顯出了猥瑣巴結的步態。鹽澤伸出兩隻白色指頭，呈「V」字形推開馮節中的房間。馮節中的屋內又掛滿了字畫。名貴的字畫就那樣瘋狂地排列在妓館的牆上。中國的古人用所有的睿智做好了準備，排了長隊等待鹽澤緩步而入。鹽澤的兩條腿再也沒動，他就釘在那兒，看。臉上沒有表情。鹽澤回過頭，馮節中笑了一次，很短暫。鹽澤的目光移開去，又看見了桌上的圍棋，鹽澤隨手拿起一顆黑子，對窗口手舉上去，眯起眼，綠幽幽的紫色光芒在黑子的腹部剔透文靜地閃爍。隨後又拿起一顆白子，看一回，放下去。鹽澤很突然地對馮節中說了一大通話，是日語。馮節中聽不懂，感到了一種不對勁。鹽澤的話戛然而止，隨後就轉身下樓。鹽澤下樓時樓板痛楚而快活地呻吟。鹽澤走到兩隊士兵中間，嘟囔了一句什麼，日本兵神經質地轉體，木頭一樣平移出去。馮節中站在梯口，大廳突然就顯得空調起來。馮節中這時候聞見一股血腥氣，是桃子的屋裡游盪出來的。馮節中大聲說，金二！金二！金二過了一刻就站在了馮節中的面前。金二的臉上沒有表情。金二說，什麼事，少爺？馮節中想了想，才說，陪我喝杯酒。

部隊進城的傳聞蝙蝠一樣瞎了眼睛亂飛。但誰也沒有見到部隊，這就愈加證實了部隊業已進城的可能性。日本士兵的屍體被架在木頭上火化了，所有目睹了火光的眼睛都相信，日本士兵的屍體骨子裡比活人更具威脅。崗樓上柱形探照燈光把黑夜弄得千瘡百孔，甚至連老鼠們都知道，燈光的身後是渴望傾訴的機槍口，沉默的民族他們的鋼鐵往往特別地嘮叨。人們就知道楚水城出事了，楚長城肯定還要死人。

鹽澤在中午推開了馮節中的門。同來的有另外八個日本兵。他們站在八個不同的方位，宛如棋盤上的某個布局。鹽澤跨進馮節中的房門，習慣地看看牆壁，空著。是木板和木板的縫隙。鹽澤的臉掛上笑，馮節中打量他一會兒，鹽澤依然笑得極有分寸。馮節中的心裡頭開始不踏實了，馮節中站起來很多餘地說，鹽澤先生。鹽澤卻坐下來，體會完坐的感覺，鹽澤掏出了一瓶酒，倒了兩杯，鹽澤說，我們下棋。馮節中就從坐位上走到床邊，抽出一只箱子，捧出兩盒雲子。鹽澤取過黑子，敲在了星位，鹽澤的敲棋果斷有力，棋盤發出了空洞回聲。馮節中的白子在手中轉了又轉，安安靜靜地點在了三三。

黑棋敲響了另一個星位，白子則又走了另一個三三。

鹽澤沒有去拿棋子。他用一隻手撐住下巴，鹽澤的目光就那樣和馮節中對視了。鹽澤說，你在戲弄我還是在戲弄棋？馮節中沒吭聲。馮節中看著盤面，兩顆白子小心翼翼地跪在黑棋的面前，白棋的委瑣使黑棋的二連星看上去磅礴浩瀚，氣勢宏偉。鹽澤說，我命令你反抗。鹽澤的第五手點到了天元。這手廢棋極其傲慢地告訴馮節中：我們扯平了，你給我好好下。馮節中的臉上改變了顏色，他低下了頭。他進入了這盤棋，在黑棋的右下角，白棋掛了一手。

青玉館安靜下來。人們不走動不出聲。小個子日本兵和槍一起立正。金二的房門掩著，門縫裡正好是一隻日本兵的手，持了槍，所有的人都關注著少爺的房間，過久的闃然無聲使人們預感到大禍臨頭。

盤面的爭鬥開始變得強硬。狂妄與慎密各不相讓。黑與白長出了牙。一切都是視覺的，一切又都是非視覺的。每一步棋都變成了對方的母語，走進對手的思維。圍棋是最好的翻譯，棋手的內心能用最直接的方式感知對方。鹽澤感受到了馮節中的機敏。鹽澤不喜歡機敏，鹽澤決定粉碎這種自得其樂的機敏。鹽澤赤裸裸地攻向了左中腹的七顆白棋，黑棋衝斷時馮節中甚至看見了金屬撞擊的八角形火花。面對這手硬把馮節中開始了長考。他的長考用了將近四十分鐘，走出來的棋卻納木無比，只是三路上的一個「靠」。幾乎毫無意圖，彷彿表決會上的微笑，什麼也不說。鹽澤恰恰是被這步呆棋送入窘境的。就像重大的事件，最後的走向卻因為某個小人物。偉人總是創造偉業，不幸的是歷史時常由卑微的細節而構成。鹽澤滿懷信心地開始了剿殺。白棋可憐困頓的求活模樣在馮節中的一個小尖之後露出了猙獰的面目。像歷史，似乎是睡著的，到了轉機出現之時歷史就伸出了可怕的陰影和巨大的指甲。鹽澤要麼放棄剿殺，要麼丟去半個邊，惱羞成怒的鹽澤放火了，他在馮節中的根據地開了一個生死劫。

機敏得來的結果時常使機敏變成膽怯。馮節中聞到了這個劫的血腥味。生死關頭聰明人的最先表現是手軟。聰明人最先看到利益，利益使聰明人表露出可憐。馮節中的幾手緩著使盤面風雲急轉而下，鹽澤只要連上動，就贏了。鹽澤解下風紀，等待馮節中投子。馮節中不投子。馮節中在黑棋的空角下了一步無理棋，鹽澤偏偏不肯連那個劫，他要殺掉這顆白色的無賴！鹽澤的一手隨手棋又一度使自己陷入了二難：要麼輸掉那個劫，要麼讓可憐無賴的白子共活。下午四點，鹽澤最後看一眼那個孤伶伶的白棋，在那麼多黑色努力範圍內，它沒有空，沒有眼位，卻活了，決定了整個盤面的勝負。「金雞獨立」決定了整個進程。

鹽澤說：你贏了。

馮節中抬起頭，看見對面坐著的是鹽澤，日本人。

鹽澤的目光因酒精而生硬。他蹺了腿，很細致地打量了馮節中的面部輪廓。馮節中的預感如晚風中的烏鴉翅膀，繞樹三匝卻又無枝可依。鹽澤終於開口了，鹽澤說，馮先生，我的一個兵被殺了，被一個中國人殺了，不是軍人。馮節中一直在回味那手三路靠。這步棋實在是太妙。鹽澤說，我沒有任何線索。屋子裡又靜下來，只有鹽澤的手表在安靜地讀秒。鹽澤說，為了皇軍的聲譽，我必須殺人。我必須殺掉那個兇手。

誰？

你。鹽澤說。

馮節中笑起來，打了手勢說，我怎麼會殺皇軍的士兵？

我知道你沒殺，鹽澤唬了面孔說，但我要殺你。

馮節中的屁股慢慢離開了座椅。為什麼？

因為我必須殺人，鹽澤說，我已經決定了。

馮節中大聲說，我有許多藝術品，都是你喜歡的。

藝術品我當然要，鹽澤說，還有這副棋。

你為什麼殺我？

看見你活我不舒服，你的中國藝術品也讓我不舒服，但你贏了我的棋，我可以讓你死得體面，我會說是你殺了皇軍，讓你死得像英雄。

不！鹽澤先生，馮節中跪下去用力甩了頭說，不！

我給了你體面，鹽澤站起身，有點不耐煩，你自己至少應當體面一次。

鹽澤很不高興地嘟噥了一句日語，外面就衝進來兩個兵。他們迅疾地捆綁了馮節中，一只很大的彈簧夾塞進了他的嘴中，馮節中的臉逼得通紅。他要說話，但他的舌頭已經永遠不屬於漢語了。金二望著這個突如其來的場面，就記起了那具日本屍體。

沒有審判和儀式。行刑就在黎明。太陽正吃力地上升。陽光無比乾淨。沒有氣味與形體。陽光的嫩紅微微顫動，豔麗、淒楚、百結愁腸。無限的湛藍正期待太陽的金色普照。幾個秋蟲在間或鳴叫，不自信，也不賣力。馮節中被捆在一只椅子上，他看見一排雪白的手套，刺刀的刀刃閃耀著新鮮的陽光。馮節中的眼睛瞪得正圓。青色血管再一次暴突出來。他拚命地掙扎，晃動，他想說話。

行刑的是菊池，一個十七歲的日本兵。他的槍口離馮節中的前額只有三米。馮節中從鋼管上方的準星處看見了菊池年輕的眼睛，菊池的眼裡布滿恐懼，他瘦長的手指在尋找扳機，青蛇一樣發出吱吱響聲。

馮節中聽見了槍聲。被一樣東西推倒時聽見了槍聲。他側在地上聽見那聲槍響在空中紛揚。馮節中感覺到身體深處的血液在皮膚下面向頭頂上呼嘯，排了長長的隊伍爭先恐後地向外飛迸，在空中拉過一道鮮亮的血跡。馮節中沒感到疼。他在努力尋找視覺、嗅覺還有觸覺，但沒能找到眼睛、鼻子和皮膚。他的聽覺還在半空中閃爍。馮節中聽見了一只槍掉在地上，在草地上還顛了一下。隨後有人慌亂地說，我殺人了，我殺人了。有了抽了一個人的嘴巴。那人說，你殺的是中國人，中國人，明白嗎？馮節中聽見了是鹽澤，便用了全身的氣力去聽，很累，努力了一下，就什麼也聽不見了，只有頭頂的上方液體氣泡的破裂聲音。

1化生：偶一為之的嫖客。

2主政：妓家老闆

3門頭：妓院的安全人員

4加碗茶：包身費用，以別於一般客人。

5梳瓏：即破瓜。

敘事

那場雪從午後開始。四點鐘天色就黃昏了。積雪封死了村莊。村裡的草垛、茅蓬和井架都一溜渾圓。父親進了家門一邊撣雪一邊抱怨說，怎麼又下了？父親一直盼望一個晴和的太陽，把草墊、棉花出一回潮，而後做好窩等我娘分娩。那時候父親還不明瞭未來城市裡雪花的意義，不知道雪花和搖滾、足球一起支撐了世紀末的都市激情。我注意過都市少女看雪的瞳孔，憧憬裡閃耀著六角花瓣，剔透而又多芒。她們的羽絨衣在雪花紛飛中翩翩起舞。她們對雪花的禮讚感染了我。我弄不懂父親那時為什麼有福不會享。

父親進屋後反身掩門。我的母親坐在小油燈下面。母親在那個雪季裡一直待在屋裡，認真地做針線，認真地懷孕。我母親在燈下拿針懷孕的靜態有一種古典美，鼻樑和唇溝呈現一道分界，半面橘黃，半面昏暗。父親關門後看見小油燈的燈蕊晃了一下，母親這才抬起頭，與父親對視。父親看完我母親便從懷裡掏出紙包，扎著「十」字形紅線，是半斤紅糖。父親一勺一勺把紅糖裝入瘦頸玻璃瓶。父親一早就到鎮上去了，先找過組織，這是他成為右派後第一次匯報「思想」。他告訴組織汗水使他的思想與感情產生了「巨大變化」。這時候已是午後。天壓得只有樹那麼高。父親蹲在巷口的「T」形拐角，從懷裡掏出兩個燒餅，吃到一半父親記起該到商店去買紅糖了，這是麻大媽關照的。麻大媽關照買紅糖時臉上的麻子無比嚴厲。麻大媽說，砸鍋賣鐵你也要買，不吃紅糖女人就打不掙血，淤在肚裡頭要落下病根的。父親聽任何人的話，父親當然聽麻大媽的指教。父親買回了半斤紅糖。他的貯藏過程充盈了要當父親的複雜心態。後來父親聽到一聲呻吟，回頭看見母親僵在那兒。母親的眼神和手上的女紅朝兩個方向延伸。父親說，怎麼了？母親說，疼。父親慌亂地舔過手指上的糖屑，跨上去擁住母親。母親用一種絕望的眼神盯著父親，不行，母親說，肚子，不行了。父親把母親抱上床，轉臉衝到接生婆麻大媽的門口。父親用力拍打木板門，高聲呼叫麻大媽。父親的呼叫語無倫次。麻大媽拉開門，一手抓了棉花一手捏著紡線砣。麻大媽耷拉了厚大下唇，問，覺了？父親說覺了。麻大媽捻過線砣慢悠悠地回了一句話，回去燒水，燒兩大鍋水。父親說，她在叫，她疼得直叫。麻臉婆走回堂屋自言自語說，隨她叫，女人就這樣，配種時快活得叫，下仔時疼得叫，女人哪有不叫的。

嚴格地說到此為止故事的主人公不是我母親，是我。我正在娘胎裡，也是**幕後**，精心對生活垂簾聽政。我對身邊的事一無所知，但這不要緊，我的地位決定了我可以這樣。至於母親，她必須挨痛受苦。上帝安排好了的。

風停了，雪住了。雪霽後的子夜月明如鏡。地是白的地，天是藍的天。半個月亮，萬籟俱靜。碧藍的臘月與雪白的臘月在子夜交相輝映。世界乾乾淨淨。宇宙一塵不染。

我的落草是在凌晨。在純粹的雪白和純粹的碧藍之間，初升的太陽鮮嫩柔媚。我這樣敘述是自私的，把自己的降生弄得這樣詩情畫意，實在不厚道。但詩情畫意不是一個好兆頭。在這裡我要交代一個細節，接生婆麻大媽最初見到的不是我的腦袋，而是腳尖。我弄不清為什麼我要選擇這樣一種方式。我的樣子糟糕透頂。麻大媽一見到我的腳趾臉上的神情說變就變，所有的麻子全陷進去，那張厚重的下唇拉得也更厚更長。我的腳趾冒著熱氣，粉紅色，沾滿白色胎脂。麻大媽回頭對父親說：「是寤生。」父親的臉上頓時失去了顏色。父親的大驚失色一半緣於我們母子的安危，另一半則是讓麻大媽的話給震的。目不識丁的麻大媽竟然把「難產」說成了「寤生」，那兩個字在父親的耳朵裡無比振聾發聵。這和麻大媽的名字叫「雅芝」一樣匪夷所思。我是在大學一年級讀《左傳・隱公元年》知道「寤生」一說的。史書上說：「……庄公寤生，驚姜氏，故名曰寤生，遂惡之。」庄公因難產而遭到生母的厭惡，可見「寤生」不是什麼好兆頭。但我的降生姿勢並沒有給我的母親造成致命的麻煩。麻大媽用她的手掌握住了我的小腿，而後托住我的腰。我猜想這時候麻大媽已經看到了我腿根的小玩意了。她的接生陡增激情。我的身體熱氣騰騰，像剛剝了皮的兔子，在麻大媽的掌心漸次呈現出生命意義。她哆嗦著下唇不停地重複，使勁，就好了，麻大媽說，使勁，用力屙，就好了。她的這些話起初是說給母親聽的，後來竟成了習慣，她甚至用手背壓鼻壁擤鼻涕時也這樣嘟嚕，使勁，就好，就好了。母親張大了嘴巴，只是「使勁」。這個過程困厄而又漫長。母親不行了。母親生我最後半個腦袋時幾乎耗盡了全力。是麻大媽把我拽出來的。我今天的腦袋又尖又長與這個細節關係甚巨。我的「寤生」終於完成了。身體只剩下一根臍帶連繫住母體。麻大媽彎下腰，伸長了頸項，用嘴銜住了臍帶的根部。麻大媽不是用剪刀，而是用牙齒完成了我的人之初。剛來到這個世界我沒有動，我的臉青紫色，鼻孔和口腔裡貯滿羊水。麻大媽用力摁住我的鼻頭，我大哭一聲，羊水噴湧出來。我今天的鼻頭又寬又扁也是麻大媽的傑作。麻大媽大功告成，站在房門口。她老人家疲憊至極，倚著門框。麻大媽喘著氣對父親報功：「好了。」父親的雙手和下巴掛在那兒，聽麻大媽說完這兩個字。父親嚇壞了。麻大媽的雙手與口腔沾滿產紅，籠罩了一圈鮮豔血光。她的笑容使她咧開了真正的血盆大口。麻大媽的每一顆牙齒都布滿血跡。她就那樣血淋淋地笑，對父親說，好了，屙下來了，是帶把的。

父親進門時我沒有理他。我被撂在鋪了一層花布的泥地上。和別的孩子一樣，翹起兩條腿，緊握兩隻拳頭，閉著眼睛嚎哭。

大學三年級的那個冬天我專程拜見過劉雅芝，也就是七十八歲的麻大媽。那一天下了冬雨，村裡的草屋與巷弄都顯得齷齪無序。我在泥濘的巷底找到了業已孀居的麻臉老人。她蹲在豬圈內側，四周圍了一群人。一個男孩蜜蜂一樣為我引路，他從大人的褲襠下面鑽進豬圈，大聲說，麻老太，城裡有人找你。人們讓開了一道縫隙，麻大媽正在為一頭碩大的母豬接生。母豬是黑色的，八隻小黑豬正臥在金黃色稻草上拱母豬的紅腫奶頭。麻大媽綰了頭髮，袖口捲得很高，臉上的麻子鬆成橢圓狀。因為瞇眼她老人家張開了嘴巴。她的牙只剩了兩顆，對稱地立在暗紫色上牙床上，像一隻蛐蛐。麻大媽望著我。她的紫色牙床使我想起了我的肚臍。這次聯想使我的記憶出現了歷史空罅，吹動起冬雨裡的風。麻大媽吃力地站起來，盯著我的頭顱頂部，正確地指出：「你是倒著出世的。」我驚喜地說，您老記得我？麻大媽的臉上沒有表情。記不得了，麻大媽說，我接過的娃比接過的豬還多。我很突然地激動起來，說，我是您接的生！麻大媽的雙手麻木地垂掛在那兒，半透明的血色水珠在指尖上往下滴漏。這時候有人喊，第九個！第九個！麻大媽坐下去，用她的血手撫弄黑色母豬的紅腫產門。是一個小白豬，這個色差給了我極其深刻的印象。大家靜下來，麻大媽極耐心地用手托住小豬。小豬的生產過程寓動於靜，如日出那樣，你不見它動，它就一點一點變大起來。麻大媽變戲法那樣接出了豬仔，用乾稻草擦了又擦。麻大媽說，你回去吧娃，我不接你你也要來到這個塵世上，這是注定的，你逃不出這個命。大家一齊回過頭來，看著我。我把禮物放在地上，麻大媽就那樣嘮叨著。我疑心麻大媽是在和豬說話，心中無可挽回地悵然起來。我用研究《左傳》、《聖經》和《判斷力批判》的眼睛盯住那雙手，找不出這雙手與我的生命曾有過的歷史淵源。作為一種歷史結果，麻大媽手裡現在捧著的僅僅是豬。我在幸福之中黯然神傷。我的身體開始顫慄，無助卻又情不自禁。麻大媽說，一物一命，可誰也逃不脫一雙手。

麻大媽早就死了。她老人家的手在我的想像裡散了架，所有的骨頭都像竹節，一塊一塊排列在黑土之中。我現在在海上，我的懷裡揣了那張地圖。我常幹的事就是看地圖。沒事我就把地圖攤開來，這是我親近世界的一種努力。我在這張地圖裡走過很多地方。也可以說，我帶了這張地圖走過了很多地方。在兩種迥然不同的遊歷方式裡，我盡量仔細體驗微觀與宏觀。它們是一回事。是世界的正面與背面。是感知的這頭與那頭。這張地圖已經很髒了，折頭都生了毛邊。但這張地圖的本質依然如故。一比六百萬這個比例說明了它與世界的關係。這個不同等、不平均的關係裡有絕對的對等與精確。世界在人類的智慧面前已經很滑稽了。我就那樣一手叉腰，一手夾菸，在千年古柏或萬年青石之旁精騖八級，神遊四海昆崙。我知道我的樣子很像戰爭年代的毛澤東。但他是他，我是我。我看地圖完全是審美的，看久了就會有幻覺，認定自己已在九萬里高空，如風鵬背負青天。在青天之上我時常產生宇宙式幸福感。我在地圖面前甚至產生過恐高症，擔心一不小心掉到地圖裡去。世界真的已經像古書裡說的那樣了，藏昆山於一芥。世界有時其實是經不住推敲的。

地圖的另一迷人處是它的色彩。它的色彩相互區分又相互補充。區分與補充使地形與地貌產生了人文意義。但我眼裡的色彩區分恰恰不是行政的，而是語言的。地圖色彩的繽紛骨子裡隱藏了語言的無限多樣。上帝不會讓人類操同一語言的，這不符合創世紀的初衷。我們沒有必要統一什麼，統一是一件不好的事，大統之後會有大難的，弄不好就要犯天條。

離家時我只帶了這張地圖。我決定兩手空空離開這個家。我夠了。我受夠了。林康終於去睡了。她和我吵了又吵，相持了兩個星期。她一吵架便熱情澎湃，目光裡透視出世俗衝動與毀壞激情。她一吵架身體四周便散發出金屬光芒和生命氣息。林康在婚前曾是我的一隻小鳥，只會歌唱春天、夏夜、植物與愛情。她的身高一米五八，她嬌小的身軀在結婚之後裂變成原子彈，能量無比，威力無窮，籠罩了一層刺眼炫目的蘑菇雲。她鐵青了臉瞪著驚恐的眼睛對我一次又一次大聲呼叫：去掙錢，去掙錢，快點去掙錢！這年頭不是男人瘋了，而是女人瘋了。她們在夢中被錢驚醒，醒來之後就發現貨幣長了四條腿，在她們的身邊瘋狂無序地飛竄。她們高叫錢。這年頭女人成為妻子後就再也不用地圖比例尺去衡量世界了，而只用紙幣。

我已經放棄我的博士與命題了。我再也沒有什麼可以失去的了。哲學家說得真好，我們不能放棄我們根本沒有的東西。我決定走。離開原子彈，離開充滿美麗與充滿性高潮的一米五八。凌晨四點我悄悄取了背囊，裡面只裝了地圖。我站在大街上，路燈一拳頭把我的影子摺倒在水泥路面。我打了一個寒噤。凌晨四點寧靜而又淫蕩，對日出充滿引誘與挑逗。

鐵軌伸向遠方，發出鋥亮的光，烏黑而沉重地閃爍。蒸氣機頭在濃烈的白色氣團中夜遊，黑魆魆地喘粗氣。鐵軌與機頭使世界貯滿迷亂。凌晨四點的鐵軌具有強烈的啟發性，它們縱橫交錯，使「夜」與「終點」一同變得不可企及。我困得厲害。我把衣領豎直，把自己想像成站在鐵軌上的狗。遠方有許多骨頭，它們對我發出青白色的光芒。

我是在嗅覺的引導下來到海邊的。火車的長途旅行使我的聽覺變得遲鈍，嗅覺卻異樣活躍。我在昏睡中沒有聽見海浪的聲音，——那種綿軟的撲擊體貼而又依戀，如做愛的尾聲，輕輕悄悄地瀰漫開來，再疲憊下去。但我聞見了海腥。我堅信大海就在前方，在地圖的右側一片淡藍。初戀歲月林康的指尖曾指著藍色海岸線對我說，這兒，這兒，你帶我到這兒。那一年林康十九歲，在西語系讀英語二年級。林康十九歲那年通體有一股極好的彈性，如一只乒乓球，在校園道路上跳來蹦去。她的馬尾鬆紛亂如麻，成為紅蜻蜓與彩蝴蝶的純情偶像。我和林康的相識完全是偶然的，而戀愛卻是必然的，因為「愛情只是偶然的擦肩而過」。我一直弄不清林康這句話的出處，可能是她的脫口而出。被愛情鬧的。戀愛能使十九歲的女子一不小心就說出許多真理。我和林康相識在下雨的路上。她頭上舉了一本書，張大了嘴巴直衝而來。濺了我一身泥。我說你站住，她就站住。我說我送你。她的眼睛與我的眼睛有了幸福的三十一厘米落差。那時林康的皮膚像瓷器。十九歲，還沒有退釉。我相信喜歡新奇的人都這樣，他們的戀愛十有八九都始於雨傘下面，而雨傘下建立起來的婚姻十有八九都是災難，又將終結於某個淩晨四點。後來我們就有了接吻，她說，接吻真好。接下來當然就有了做愛，她又說，做愛真好。後來她嫁給了我。新婚之夜林康告訴我，做新娘真好。在第一個「真好」與第三個「真好」之間，林康從我這裡染上了愛看地圖的毛病。我們做了許多計畫，所有查無人跡的地方都有我們想像的雙飛翼，開滿溫馨的並蒂蓮。林康的尖細指頭摁在地圖上，一遍又一遍呢喃，這兒，這兒，還有這兒。我一一答應。世界是所有新郎的後花園。

在海上我打開地圖。船沿著海平面的弧線向深海航行。地圖的四隻角在海風中嗶叭作響。海碧藍，望不盡的全是水。世界不複雜，就是水的這邊與那邊。在海上我馬上發現地圖失去了意義。海的巨大流動使人類的概括力變得無足輕重。我在甲板上遺忘了平衡，開始暈海，吐了很多腐爛物質與瑣碎顏色。吐完了我蒙頭大睡。我做了很多夢。它最初涉及老子和愛因斯坦完全是意外。我夢見他們倆是上帝給我的禮物。老子身穿灰色中山裝，對愛因斯坦說，歡迎你來，愛因斯坦先生。愛因斯坦說，很高興見到你，老子先生。老子坐下去，點上菸，認真地品完第一口，說，我們可以談談哲學問題，別的事讓他們談去。——你應當讀過我的書，我寫過一本《道德經》。愛因斯坦的十隻指頭扠在一起，說，我知道有人用漢語寫過這本書，我至今沒有讀到好的德文譯本和英文譯本，好在我大體知道您想說什麼。愛因斯坦頭髮花白，大鼻頭，滿臉皺紋。老子笑起來，反問說，譯本?永遠也不會有。愛因斯坦直了直上身，說好書都這樣。老子點頭微笑，先生在研究什麼？老子問。愛因斯坦看了老子身後的書架，答道，我研究物理，也就是格物致知。俗，老子說，俗了，——你說，宇宙究竟有多大？是這樣，愛因斯坦打起了手勢，宇宙是一個廣闊無邊的呈正曲度拋物線狀的絕對無限量，又是一個不可逃逸而自我封閉於有窮廣袤中的、呈角曲度的四維有限體。你說些什麼？老子皺了眉頭，滅掉香菸說，醫生總是不讓我抽菸。請您把自己想像為附著在按差數不到一微米度的三維空間表面上的一個二維幾何體，愛因斯坦這樣說。老子擺擺手，大聲說，這些沒用，我們只關注人，活的死的不要緊。別的都可以放一放。我們應當關注宇宙，愛因斯坦辯解說。我們有時間，老子站起身說，我們先吃飯，我們有菠菜豆腐湯，我看這就是宇宙。愛因斯坦望著老子，大而疲憊的眼睛憂鬱起來。愛因斯坦說，物理學比政治更能體現一個民族的本質，雖然物理學是全人類的。老子走出山洞，面有慍色，自語說，愛因斯坦是個右派。

我躺在大副的床上，做夢和嘔吐。在做夢和嘔吐之餘追憶似水年華。大海對大陸的敵視太固執了，我不徹底吐乾淨大陸，大海似乎執意不肯收我。我覺得我已經沒有什麼可吐了，除非把胃也吐出去。但我不太願意把我自己吐掉。我知道我的心智已經迷亂了。這全是暈海鬧的。為了走向大海我只能接受這樣的儀式。嚮往大海最熱烈的當然還是林康。即使在懷孕的日子林康也沒有停止對大海的憧憬與展望。她憧憬大海時的靜態十分動人，眼睛閃爍乾淨的光，鼻頭亮晶晶的。我曾問過林康，你到底喜歡大海什麼？林康回答我說，她就是喜歡在海邊花錢。林康說這話時腆著大肚子，一遍又一遍設想我成為億萬富翁，我們的別墅從大連一直排到三亞，從這個房間到那個房間都要在地圖面前比畫半天。

林康懷孕的日子我正潛心於一樣重要事件，我開始研究我的家族史。在一個不期而然的宴會上，我意外得到了奶奶的消息。這是一個晴天霹靂。對我個人，對我的家族，這都是一個晴天霹靂。奶奶的消息為我研究家族史提供了可能和良好契機。就我的家族而言，即使在父系社會，奶奶永遠是最重要最基礎的一環。但父親從沒有對我提起過奶奶。由於奶奶這一祖系形象的空缺，父親顯然經不起推敲。用我們家鄉的一句格言來概括，好像是「石頭縫裡蹦出來的」。

是一位年邁的遠房親戚向我提起了我的奶奶。他喝了四兩洋河大曲。這種烈性液汁使他變得心直口快。他把我拉到一邊，神祕地說，你有個奶奶，是你的真奶奶，她還活著，在上海。遠房親戚用六十度的眼睛盯住我，壓低了聲音說，你不是我們陸家的人，你是個東洋鬼子。他喝多了，我不會太拿他當回事。但第二天事情就嚴重了，第二天中午，年邁的遠房親戚帶了一家老小到我家裡來謝罪。他用巴掌摑搧自己的面頰，大罵自己老糊塗，大罵自己滿嘴胡話。而父親在整個過程中一言不發。父親坐在椅子裡，神色相當古怪。父親最後說，三叔，我也沒有怪你。一屋子的人在這個節骨眼上靜了下來，都望著我。就是在這個時候我發現酒話恰恰是歷史的真面目。歷史在酒瓶裡，和酒一樣寂寞。歷史無限殘酷地從酒瓶裡跳出來，帶著泡沫與芬芳，令我猝不及防。一部真實史書的誕生過程往往又是一部史書。這成了我們歷史的特色。我們在接受每一部歷史之前都要做好心理準備，會有下一個面目全非讓我們去面對。「三叔」聽了父親的話便安靜下來。兩隻肩頭垂下去，一臉沮喪，如一隻落水狗。這往往也是道出歷史真相的人最常見的格局。「三叔」緩緩退出我家門檻，自語說，我老糊塗了，我老糊塗了。

空曠的堂屋只剩下我與我的父親。我們對視了。這種對視有一種災難性質。父親與我的目光一下子超出了生命範疇，發出羊皮與宣紙的撕裂聲。巨大的孤寂在我們的對視中翻湧，拉開廣袤平川，裂開了參差無垠的罅隙。剎那間我就想到了死亡。一種生命種姓被另一種文化所宣判的死亡。這樣的發現是致命的。迅雷不及掩耳。父親故作的鎮靜出現了顫抖。他的整個身軀在那裡無助地搖晃。後來他走到房間裡去，在沒有光的角落打開許多鎖。他用多種祕密的鑰匙把我引向歷史深處。父親最終拿出一個紅綢包。紅綢包褪了色，如被陽光烤乾的血污，發出不匀和血光。父親解開紅綢，露出一張相片，是發黃的黑白相片。一個新文化舊式少女，齊耳短髮，對襟白色短襦。完全是想像裡「五四」女青年的標準形象。

是奶奶？我說。

是奶奶。父親說。

在哪兒？

她死了。

她活著，在上海。

她死了，父親大聲吼叫，這個世界上沒有上海！你奶奶死了！

我和父親再一次對視。父親的眼睛頃刻間貯滿淚水。父親的淚光裡有一種肅殺的警告與柔弱的祈求。我緘口了，如父親所祈盼的那樣。在這個漫長的沉默過程裡，我的心裂開了一條縫隙，裡面憑空橫上了一道冰河。我甚至能看見冰面上的反光和冰塊與冰塊的撞擊聲。我聽父親說，不要再提這件事。父親說完這句話似乎平靜了許多，偉大領袖那樣向我指出：只有兩種人熱衷於回顧歷史，要麼是傻子，要麼別有用心。

林康在這樣的背景下懷孕讓我無法承受。在她的面前我盡量不露痕跡，卻愈發心事沉重。對著林康的身子發愣成了我的傷心時分。她的腰腹而今成了我的枷鎖。生命沒有那麼大度，它絕對不是一個世界性、全球性的話題。種族是生命的本質屬性，正如文化是生命力的本質屬性。種族與文化的錯位是我們承受不起的災難。

林康懷孕之前正和她的老闆打得火熱。她到底辭去了出版社的公職，到亞太期貨公司參與世界貿易去了。她守著一部粉色電話坐在電子終端面前，對抽象的蠶絲、紅豆、小麥、石油實施買空賣空。她先做日盤，在老闆的建議下她改做了美盤。也就是說，為了適應中美兩國十三個小時的時差，她不得不在每晚八點三十趕到她的交易大廳。這對已婚女人來說無論如何是不同尋常的。她和我說起過她們的香港老闆。她的老闆是個混血，支那血統與威爾士血統各占二分之一，能說一口流利的英語和普通話。這一點和林康極為相似，她能說一口好聽的普通話和英語。林康說起她的老闆嗓音都變了。像她十九歲那年。事情到這裡當然很不妙。後來她突然再也不提她的老闆了。身上的香水氣味卻日益複雜。她什麼都不說，我什麼都不知道。她也認定我什麼都不知道，但是我什麼都明白。

在這樣的時代背景下林康的身孕有極大的可疑性質。不過我很快沉住氣了。等孩子生下來再說。如果和我一個熊樣，一切平安無事；如果是四分之一威爾士加四分之三支那血統的小雜種，林康自己會料理自己。她受過高等教育，這種自尊和良知她應當有。我只能生一個孩子，這可不是鬧著玩的。不幸的事立即發生了。林康的肚子一天天大起來，我卻開始了家族血源的艱苦尋根。我的內心進行了一次極大逆轉，我甚至巴不得林康懷上一位英國小紳士。我會愛他。他的生命之源畢竟沒有屈辱。

康，你懷的孩子是我的吧?有一天我終於問道。

呆樣子。

你回答我，是我的吧?

不是你的是誰的?呆樣子。

你他媽別以為我什麼都不知道。我拍案而起，破口大罵。

你知道什麼了？

你說，孩子是誰的？

是你的。

是我的？我他媽才操了你幾次？

林康不吱聲了。她陌生地望著我，臉上紅得厲害。她終於掉過臉去，我知道她不習慣我這樣說話。下作，林康輕聲說。我走上去揪住她的頭髮，我想我的內心徹底亂套了。——你說，是誰的？

你的。

你和他睡過，我他媽什麼都知道！

我和他睡過，但孩子是你的。

孩子是那個狗雜種的！

是你的。他答應我用康樂套的。

我給了她一個嘴巴。

我知道對不起你。

你給我做掉。

孩子絕對是你的，我向你發誓，康樂套是我親手買的，日本貨，絕對可靠。

我又給了她一個嘴巴。——你給我做掉。

我不做，林康捂了臉突然加大了嗓門，要離要散隨你的便，我不做，你這狗雜種，你休想！我就要生，讓你看看是什麼狗日的種！

那段騷亂的日子我專程趕到上海。我的掌心握著那張世界著名的上海市交通圖。我在吳儂軟語裡走過無數街巷里弄。我一次又一次攤開地圖。我知道我的奶奶就生活在這張地圖裡面。打開地圖我就熱淚盈眶，憋不住。我行走在上海大街，我的心思空無一物地浩瀚，沒有物質地紛亂如麻。數不清的悲傷在繁雜的輪子之間四處飛動。我奶奶的頭髮被我想像弄得一片花白，她老人家的三寸金蓮日復一日丈量著這個東方都市。我設想我的奶奶這刻正說著上海話，我傾聽上海人好聽的聲調，感動得要哭。可我聽不懂上海話，正如我沒法聽懂日語。我在夜上海的南京路上通宵達旦地遊蕩。我盡量多地呼吸我奶奶慣用的空氣。我一次又一次體驗上海自來水裡過濃的漂白粉氣味。因為尋找，我學會了對自己的感受無微不至。每一次感受奶奶就靠近一次，我的胸中就痛楚一次絕望一次。十一天的遊蕩我的體重下降了四公斤。感覺也死了。我拖著皮鞋，上海在我的腳下最終只成了一張地圖，除了抽象的色彩，它一無所有。我相信了父親的話，這個世界上沒有上海。上海只是一張地圖。它是真正意義上的地圖，比例1：1，只有矢量與標量，永遠失去了地貌意義。但上海是我奶奶巨大而遙遠的孤島世界。她老人家的白髮在海風中紛亂如麻，她老人家站在岸邊思鄉。夕陽西下，斷腸人在天涯。上海就是我奶奶的天涯。人類的宇宙只有一個中心，那就是家園方言，也就是地圖上那一塊固定色彩。世界就是沿著家鄉方言向四周輻射的語言變異。

那個下雨的午後我獨自一人向上海火車站步行。上海的雨如上海人一樣呈現出矛盾格局。我的頭疼得厲害。巨大的廣告牌不停地提醒我上海的國際性質。我一步一回頭。在雨中我一步一回頭。我一次又一次回頭。我對所有老年女性呈獻上我的關心與幫助。她們用警惕的目光注視我，捂了包離我而去。大上海像水中的積木。空間把我們這個世界弄壞了。空間的所有維度都體現出上帝的冷漠無情。我坐在火車站二樓茶座裡，透過玻璃再一次注視這個茶色城市。上海在玻璃的那邊無限安寧。我的心胸空洞了。悲憫洶湧上來。這股浩淼的悲憫成了我上海之行的精神總結。我捂住臉，失聲痛哭。我在巴掌後面張大了嘴巴不能自己。我的四公斤在上海消失得無聲無息，只在我臉上留下多餘的黃色皮膚。歷史在這裡出現了裂口，被斬斷的疼痛鮮活熱烈地對我咧開牙齒。火車帶我去了北方，那裡有我的故鄉。火車在拐角處傷心地扭動，上海向南方遙遙隱去。我坐在車窗下記起了父親的話，這個世界上沒有上海。我記住這句話。多年之後我將把它告訴我的子輩。

奶奶那一年十七歲。這個年齡是我假定的。我堅信十七歲是女性一生走向悲劇的可能年齡。十七歲也是女性一生中最薄弱的生命部分。我奶奶十七歲的夏季酷熱無比，這個季節不是虛擬的。如果一定要發生不幸，夏季一定會安靜地等在那兒，不聲不響做悲劇的背景。奶奶剛放了暑假，在家裡歇夏。奶奶的父親是一位極有名氣的鄉紳，他從鎮江帶回了那柗留聲機。那柗手搖式留聲機整日哼一些電影插曲。奶奶的夏天就是伴隨那柗留聲機和西瓜度過的。奶奶大部分時光坐在屋裡，無聊地望著頭頂上的燕窩。奶奶的雪白手臂時常體會到紅木桌面的冰涼。那種冰涼極容易勾起少女的傷春情懷。按照常識，這時候她心中無疑出現了一位男人，某個電影男演員或她的英文教師。她老人家那年的上衣應當是白色的，喇叭裙當然選擇了天藍。齊耳短髮，整天無精打采。有一幅憂鬱動人的面側。這種設想是那張唯一相片的精神派生，沒有史料意義。

奶奶的憂鬱在秋季即將來臨時結束了。夏季的末尾我奶奶再也沒有心思憂心忡忡。原因不複雜，掐一掐指頭也能算出來，日本人來了。日本人到我們故鄉的有關細節，我在另一部作品裡作過描繪，大致情形就是這樣：

日本人的汽艇緩緩靠岸。表情凝重的日本人在石碼頭一排排站好，不久圍過來好多閒人。他們興奮好奇地看著一群人咿哩哇啦地挺胸、立正、稍息、歸隊。這時候不遠處的小閣樓上突然有人喊，日本人，是日本人！人們相互打量一回，轟地一下撒腿狂奔。大街上彼此的推拉與踐踏伴隨尖叫聲使胳膊與腿亂作一團。小商販們的瓜果四處流動，茶碗與成摞的瓷器驚恐地粉碎，發出失措無助的聲音。日本人沒有看中國人的狼狽相。他們沒興趣。他們目不斜視，表情嚴肅。他們排成兩路縱隊，左手扶槍右臂筆直地甩動，在楚水城青石板馬路上踏出紀律嚴明的正步聲：嚏。嚏。嚏。嚏。

《楚水》第三章

悲劇（似乎）總是發生在偶然之間。所謂偶然就是幾個不可迴避碰到了一起。這才有了命。才有了命中注定。作為史學碩士，我不習慣依照「規律」研究歷史。歷史其實是一個浪漫主義詩人，他興之所至，無所不能。歷史是即興的，不是計畫的。「歷史的規律」是人們在歷史面前想像力平庸的借口。歷史當然有它的邏輯，但邏輯學只是次序，卻不是規律。

對於中國現代史而言，日本是一個結。而對於我們陸家家族而言，日本人板本六郎是另一個結。

板本六郎在夏日黃昏隨小汽艇來到了楚水。一路上沒有戰事。作為這支小部隊的最高指揮官，板本六郎的注意力不在岸上，而在水上。中國河水有一種憂鬱氣質，習慣在安分中逆來順受。日本汽艇駛過的水面留下一道長長的水疤，使清涼變成一種視覺上的灼痛。板本六郎坐在汽艇的頂部，身邊是機槍手大谷松一。板本六郎軍帽後的擋陽布在夏風中躍動，不時拂動後腦的中國風，給他一種柔和動感的涼爽。

縣府的投降使占領形如兒戲。戰爭就這樣，一寸土地有可能導致大片死傷，而大片疆域也可以拱手相讓。日本人進入楚水城首先做了兩件事：一，受降；二，到大雄寶殿拜見菩薩。日本人的這兩件事完成得極為肅穆，這兩件事本身卻互相矛盾。是一種大反諷。真是放下屠刀，立地成佛。

板本六郎的這次宗教活動是麻木的。他不相信中國菩薩能聽得懂日語禱告。他的祈禱總體上心不在焉。他無限意外地，也可以說無限驚喜地看見了這樣一副對聯：

楊柳枝頭淨瓶水

苦海永作渡人舟

板本看見了兩行好書法。板本走過去，他投入了另一種宗教。板本的心智在皈依，是一種幸福細軟的文化靠泊。

書者用的是趙孟頫筆意。撇捺之間有一種愉快飛動。盼顧流丸，杳然無聲，風情萬種，得盡風流。書者對漢字的分布與解意釋放出曉通人間煙火的真佛靈光，苦行之中隱逸著一種大幸福與大快樂；操守與自律裡頭又有一種大自在與大瀟灑。每一個字都是佛。在這樣的小地方隱藏著這樣的大書家，完全符合中國精神。懷瑾握瑜歷來是中國人的勝境。板本六郎找到主持，行過禮，在紙上寫道：對聯寫誰？主持看了半天，明白了他的意思，接過筆，寫下三個字：陸秋野。

尋找陸秋野沒有費板本六郎的工夫。板本六郎只身一人於次日下午登門拜訪。陸秋野不在家。他的女兒婉怡孤身一人坐在紅木桌旁讀書。陸秋野的女兒抬起頭，看見過廊裡一位戎裝日本人從天而降，她的眼睛頓然間交織著無限驚恐。下人張媽手執抹布，僵硬地注視了這次歷史性對視。張媽後來成了我們家族史裡的關鍵人物。歷史就這樣，每過一段時間就把一個奴才推到無比重要的位置上去。歷史被下等人的觀察與敘述弄得光彩奪目，而歷史本身則異樣尋常。

陸秋野的女兒婉怡是日本人立正、向後轉走後坐下去的。她自己一點也不記得什麼時候站起身子的。婉怡坐下後大口喘氣。張媽丟下抹布不停地揉小姐的胸脯。小姐說，張媽，張媽，張媽。太太從後院進來時小姐已經安頓好了。太太吩咐下人用桑木門閂閂死大門，腦子裡不停地問，出什麼事了，到底出什麼事了？

婉怡就是我奶奶。這個父親當然知道。但了解歷史的人易於規避歷史。人類完全把自己弄壞了。我想父親對這一細節比我更為了解。那一年冬天母親向我敘述一九五八年，那是母親懷我的日子。她剛懷上我，父親就逼她去醫院做人流。這一細節不同尋常，它至少表明了父親對家族史的瞭解程度。對歷史的洞察引起了父親內心的種姓慌亂。知父莫如子。林康懷孕後我堅信我瞭解了父親。我再說一遍，這已經完全超越了生命範疇。種姓文化在這裡無限殘酷地折磨父親的過去完成與我的現在進行。

一九五八年的冬季是一個冰天雪地的冬季。這時的父親早已不在楚水縣城。在鄉下。他和愛因斯坦一樣做了右派。母親正是在這一年懷上了我。母親無限驚喜地告訴父親這個祕密。這是初次懷孕的女人常規性做法。母親把父親拽到土灶後頭，壓低了聲音說，她可能「有了」。父親望著母親，父親的臉上頓時刮起了東北風，殘荷敗柳東倒西歪，呈現一片冬景。父親沉默了好大一會兒，陰了臉說，知道了。隨後開始了漫長沉默。父親的沉默像刀片，能把你的肉一點一點割下來。父親在幾天後對母親說，你最好回城裡「做掉」。母親說不。母親接下來問幹嘛要「那樣」？父親便不開口。母親這時隨父親來到鄉下，在破廟裡教孩子們四則混合運算以及《收租院的故事》。母親沉默了一會兒說不。面對母親的固執，父親的固執表現得更為內在和有力。他拉下一張瘦臉，皺紋都繃直了，終日不說一句話。父親不肯和母親對視，甚至不碰母親端上來的飯碗。父親的沉默帶有巨大的侵略性，可以壓斷他人的神經（所謂他人其實只有母親）。父親的沉默在其他方面用得卻極其拙劣，他用沉默進行政治鬥爭，結果輸得一場糊塗。他們把父親趕到了鄉下，讓他面對泥土和牲口，他們讓父親和泥土與牲口比試，看看泥土、牲口和父親誰先開口講話。但母親終於讓步了。母親端上碗對父親說：「我回城去。」父親聽了母親的話也做了讓步，他接過母親送來的麥粉粥，沿著瓷碗喝了一轉。他們相互看了一眼，幸福得傷心死了。生兒育女是父親絕對不敢正視的東西。我覺得父親的蒼涼心態已經體悟到了生存極限。大悲憫與大不幸使他學會了正視家族生態。他把自己當成了我們家族史上的一塊石碑，他的存在只意味著家族生命的一件事：到此為止。我認定父親一定有過自殺的念頭，他沒有自殺成功只可能是技術上出了紕漏。

母親的手術沒能如期進行。偶然因素在歷史的關節眼上再一次站起了巨大身軀。我至今能看到它的黑色陰影。母親的手術費在碼頭上給人搶光了。丟錢的憤怒堅定了母親「不要」的決心，這多少有點不可理喻。回到鄉村父親就走到大隊衛生站，他找到了赤腳醫生。醫生說，辦法是有的，就是大人要受內傷。父親沒有作聲。醫生給了父親一整瓶奎寧。這種由熱帶作物「金雞納霜」提煉而就的特效藥，專治瘧疾，同時兼備收縮子宮之功效。鑑於這一效能，奎寧一度又成了墮胎良藥。它成了鄉村愛情悲劇裡最有力的巨靈之掌。母親接過奎寧後鎮靜無比。她倒出了一把，昂頭吞了下去。幾十分鐘後母親的臉上開始發白。她躺下了，當晚就神志模糊。母親喘了大氣說，下來了沒有？父親沒有回答。母親說，再吃、再吃、再吃。恐怖在這個時候襲上了父親的心頭。母親已經完全不對勁了。母親大病一場，墮胎卻沒能成功。我在母親的子宮裡堅守自己的陣地，直至最後勝利。我的頭痛病不知道是不是因為這把奎寧。從記事起我的頭就疼。我一直認為人應當頭疼，就像長眼睛和流鼻涕一樣理所當然。我看了《西遊記》後才知道，即使是孫悟空也是不該頭疼的。頭疼完全是有人念咒。頭疼是一件最頭疼的事。它伴隨著思想，成了我思想的前提和代價。

母親病愈後沒有放棄她的使命。她可能已經忘記了墮胎的初衷。只留下了一種心理慣恨。她開始為墮胎而墮胎，就像不少人為吃苦而吃苦，為拍馬而拍馬一樣。母親挑水、登高、深蹲、下跳，母親在炎熱的日子裡拚命跳繩，繩索在她的腳下頭頂呼呼生風。母親從一數到兩千，母親累倒了站起來，生命不息墮胎不止。但母親終於失去了信心。母親逢人就說，怎麼回事，怎麼回事，怎麼就是下不來？母親說，你拿碾子碾吧，實在是下不來了。父親動了大怒，沉默的父親終於高聲呵斥說，生，給我生，我倒要看看是個什麼東西。沉默的人一開口往往就是真理與命令。母親這時候相信了命。命就是這樣。命史一丈難求八尺。

林康的肚子一天天大起來，背影也開始糟糕。她白天在家吃飯睡覺，夜裡去交易大廳上班。我不知道她那個老闆是怎麼弄的，竟然允許她這樣在公司裡進進出出。在我研究家族史的慘淡歲月，我和林康的關係反而平靜了許多，像兩個客人，彼此相安無事。林康有好幾天甚至都像賢妻良母了。隨著我對歷史研究的逐步深入，我日漸消瘦下去。林康懷疑我有了外遇。這是她所希望的。這樣也許就扯平了。所以林康明白無誤地告訴我，你可以在外頭「搞」。應當承認老婆懷孕是男人的危險期，多數男人在這段日子裡不可救藥。但我沒有外遇。我堅信這段日子的前期我已經陽痿了。我甚至盼望自己就此鬆軟下去。這沒有什麼好可怕的。就是在這段日子的前期我愛上了漢字，是夾在日語裡的那種。我在新華書店裡找到了日語教材，上面用最時髦的圓頭體寫了「日本語」三個字。我不知道這三個字用日語發出來是什麼聲音，但我憑借漢語文化直接走進了日語。世界上竟然有這樣兩種民族，憑藉一個民族的文化呼吸體驗到另一個民族的文化體溫，而這兩種文化相去甚遠，只在文字裡留下一些似是而非。為此我曾傷心萬分，內心風雨交加，千古悲傷風起雲湧。我就是在這個傷心的午後決心學習日語的。我捧回了大捆日本語書籍和教學磁帶。林康望了一眼我手裡的東西，沒有開口，我也沒有開口。我望著林康，她臉上的那種神情一下子又回來了，她臉上的中國表情剎那間喚醒了我：我從來就是個漢人。看到林康的表情後我立即決定放棄日語。這兩個決定之間只有七十六分鐘。我認定了我一生將是這七十六分鐘的矛盾體驗。我將在這種衝突中風雨飄搖。

遠方之月
靜靜秋窮
沐浴岸之彼與此

月亮升起來了，這是海上的月亮。海上的月亮有一種宇宙性浩瀚悲傷。聽不見風，風把月亮揉碎了，隨海面千里閃爍。我的頭不昏了。我堅信我已經把自己吐乾了。我的身體空空蕩蕩，接近於無限透明。我不再暈海。這是一個奇蹟。是我的頭疼治好了我的頭暈。我的頭再一次疼痛起來，也就是說，我又可以思想了。但這一次頭疼對我意義重大，它不是回到當初，而是一次涅槃，是心智的皈依與宗教的誕生。頭疼是我的天國走廊，它使我的思想沿著這種銳利的感覺拾級而上。我立在子夜的海面，頭頂是宇宙，腳下是海洋。大海的嚴寒逼近了我的肌膚。我幸福地顫慄。我堅信上帝就在身邊，人類已經離我而去。我以人類的形象在冬的子夜和上帝對視。我幸福地顫慄。我大聲尖叫。我發出前所未有的古怪叫聲。我呼喊，但不能說話。我只會說漢語。任何語種都是對上帝真意的曲解。我不用任何語言。我不說話。我發出古怪的聲音，沒有回音。這很好。月夜的世界就剩下月亮和我。月亮冰冷，我用身體體驗月亮冰冷。宇宙，我是你的知覺，我冷。我幸福地冷。我無限衝動地冷。陸地是你們的，同志們，大海歸我了；白天是你們的，同志們，子夜歸我了。你們在大陸上做夢、謀畫、盜竊、性交、暗殺、窺淫。我在海上，我沿著月光看見了宇宙的浩瀚悲傷。

你是誰，孩子？你在大海上哭什麼？

你別過來。你是誰？

我是安徒生。你八歲時在我的書上見過我的木刻肖像插圖。你讀我的書時流淚了孩子。

那是你第一次讀書流淚。——給你，這是火柴。

你怎麼到大海上來賣火柴？

我不是賣火柴，孩子，我只是聽到了你的哭聲。我住在北歐的童話白色裡，那是一種無比乾淨純粹的雪白。我知道你是一個漢語史學家，我來看你。我聽說你在漢語面前遇到了麻煩，你不應該有那種痛苦，孩子，你太小家子氣了，這只是一件很小的事。很小，孩子，你應當熱愛漢語，是漢語哺育了你。上帝給了我們每個人一個語種。每個語種都是上帝的一種方式。

這絕對不是一件很小的事，安徒生先生，我是卡爾·馬克思，德國哲學家。馬克思從遠處橫插進來，站在我與安徒生中間。他的大鬍子在月光下如一團白色火焰。麻醉人民的精神鴉片是宗教，而對你來說，安徒生先生，是童話。人類應當放棄童話，就像火焰應當放棄冰塊！

我讀過你的書，卡爾·馬克思。您的漢語說得很好。

我的漢語非常優秀。可我用漢語讀不懂用漢語出版的馬克思著作。我無法用漢語思想，你知道，思維一旦不能用語言來進行，不是思維有問題，就是語言有問題。你瞧，我買了這麼多漢語著作，全是我的書。中國的市場上過去是我的書多，現在是日本商品多。你知道日本嗎孩子？你應當關注日本。它不是一個國家或民族，對於當代世界而言，日本是一種形而上。

日本不只是形而上。日本人敲門來了。日本人站在陸府的兩隻石獅中間，伸出手，用中指的關節敲出極其形而下的聲音：咚咚。

開門的是張媽。張媽一眼便認出了身穿便裝的板本六郎。下等人對陌生人的記憶個個都是天才。張媽出於本能隨即便要掩門。板本撥開張媽的胳膊，笑起來。板本的笑容是張媽毫無準備的，張媽就那樣看著板本六郎結實牙齒上銀白的光，雙手垂掛了下去。板本的身影走過了陸府的天井，他的雙腳在「人」字形地磚背脊圖案上交替踩踏。這時候陸秋野已經走上了過廊。他們相互對視。他們的對視風靜浪止。板本說，陸秋野？陸秋野說，是。板本走上台階，看見許多細微的汗芽亮亮晶晶地從陸秋野的額上往外蹦。板本說，我是板本六郎。陸秋野的手往客廳的方向伸過，說，請。板本跨過門檻，一邊走一邊脫手套，脫得從容斯文又傲岸狂妄，一隻指頭一隻指頭慢慢拽。板本坐在紅木太師椅上，白手套扔在了桌面上。我看見過你的字，板本說，我喜歡你的字。陸秋野站在一邊，見笑了，陸秋野說，塗鴉罷了。板本的臉陰下來，說，我喜歡你的字。不敢，陸秋野悑惶起來，說，實在是不入流。八嘎，板本大聲說，我喜歡你的字。陸秋野怔在了那裡，不知道該說什麼。客廳裡驟然寂靜。陸秋野的耳裡訇然響起條台上的鐘聲。靜了好大一會兒板本說，我想看看先生的書房。陸秋野回過頭去，說，張媽，茶。板本伸手攔住，說，茶不好，我們喝酒。板本走進書房，四壁就掛了字畫各一幅，別無特別之處。板本從書案上取出兩枝香，掏出打火機點燃，插進白瓷香缽裡去，說，我磨墨，先生賜教幾個字。這時候張媽送酒進來，陸秋野對張媽說，張媽，你來磨墨。板本說，我磨墨。張媽倒了酒，是兩碗花雕，就退出去。板本端起酒來，小心地喝。放了酒就恭敬地研墨。陸秋野心神不定，泡筆，鋪紙，而後坐下來入靜。各喝了一碗，陸秋野提了筆，寫下「野渡無人」。想團掉，見板本盯著，又不敢。板本拿起來，只看了一眼，說，狗屁不通。陸秋野氣浮上來，怎樣調息總是亂，一口氣寫下四幅，自己的臉上也慚愧了。板本就不高興，問，陸先生這樣浮躁，是怕我殺人吧?陸秋野一氣說了五個「不」，端起酒，只是喝。板本說，要不就寫「秦月漢關」，意思多多有。陸秋野提了筆，凝了半天神，又放下，說，這樣的意思我愈發寫不好了。板本說，我研的墨可是到了好處，寫不出好字，不該。陸秋野又喝過一回酒，寫下「玉人教吹蕭」。板本說，次品。陸秋野埋了頭，又寫下兩幅。板本端詳了半日，說，廟裡的字怕是先生偷來的，板本端了酒，逕自走到客廳去，靜坐了半小時，方才回到書齋。陸秋野臉上早上了酒意，案子上已就了一幅，是隸書「竹西佳處」。板本說，唷西，臉上始有鬆動，板本說，有意思了，有點意思了。他們碰了碗，坐下來卻又不語。板本後來說，中國文化確是美文化，但紅顏薄命，氣數已盡，不長久了。陸秋野唏噓了片刻，站起身，隨手寫下「春去也」。橫豎裡頭氣息奄奄，枯枝敗葉，悲婉悽切。板本放下酒瞇起眼來。板本摸著下巴，好半天說，上品，回頭看陸秋野已是涕淚滂沱。板本說，一染上暮世殘敗氣，中國文化愈發韻味無窮，天意。板本酒意上來，扔了碗，大聲說，你們有什麼用，支那人，你們就會說美麗的傷心話，就會弄斷腸的婉約玩意。你們不配活。你們是活屍。陸秋野望著「春去也」，臉上羞得不成體統。都走了樣。陸秋野酒氣全湧上來，重鋪了一張大宣紙，換了筆，蘸足墨，運足氣，恣意揮灑，一掃陰柔，憑空而來千鈞氣力，赫然而成「打倒日本」。四個字血脈賁張，金剛怒目，通體透出一股殺氣。板本愣住了，卻去了豪興，凝神望了半日，大呼「神品」！板本沉靜了十幾分鐘，呢喃說，日本會有這樣的藝術，會有這樣的中國文化。板本無比激動地說了一大通日語，他打起手勢，面對陸秋野又吼又叫。他的目光交織了希望與憤怒，最後用漢語說：「我會再來的。」

板本走後陸秋野晃進後院，太太和女兒驚恐地迎了上來。陸秋野一屁股坐上了石凳，石頭的涼意順了屁股眼直往裡頭颼，酒意也去了大半。陸秋野對了太太視而不見，說，我闖下大禍了，陸家大禍臨頭了，我們陸家大禍臨頭了。夫妻相對，無言而泣。陸秋野好半天才說，是酒害了我，是酒亂了我的性。

板本的第三次登門是在次日黃昏。依然獨自一人。板本表情寧靜從門前款款而至。板本的平靜登門使陸秋野如釋重負，卻又疑雲四布。板本顯得開朗豁達、神清氣爽。見了陸秋野就喊「先生」。板本一邊走路一邊大聲說要向陸「先生」學習中國書法。陸秋野躬身應承，隨後領了板本在陸府裡隨意走動。陸府裡所有的人都與板本一一見過。這裡頭當然包括十七歲的小姐婉怡。這是婉怡與板本的第二次見面。應當說，第二次見面是他們的真正見面。這次見面婉怡聞到了板本身上濃重的香皂氣味。這個細節至關重要。女性的嗅覺是許多大事的開端。香皂氣味使板本的形象生活化了，使十七歲的婉怡確信板本是一個「人」。這個結論導致了我們家族的大不幸。對「人」的判斷歷來會導致災難。關於「人」，是與否的判定經常走向其背反。「人」與「非人」歷來是人的兩極世界，它如同正級與負極吸附在同一磁石上面。由人到青面獠牙，只需轉個身。放下屠刀立地成佛，是現實一種；一不留神原形畢露，是現實之另一種。

我得出這個結論不是從歷史處，是在林康那裡。我時常用即時的當值婚姻當作參照去做史學研究。這是我的方法論。平庸的男人結婚後一不小心就是天才，天才男人結婚後一不小心也會平庸。我是前者。我在婚後的第一個清晨依然不能領悟這一點。我們是「五一」結的婚。在那樣的日子裡全世界的勞動人民精神飽滿性欲旺盛，是結婚的大好時光。我們在五月二日上午九時醒來，身心疲憊而又爽朗。內心寧靜如水，沒有騷動與欲望。雖說同居日久，畢竟稍有慌亂。婚姻使我們理直而氣壯，在全世界勞動人民大團結的日子裡，我們春心勃發，風起雲湧。林康醒來後我們又吻了一陣，她像一隻啄木鳥，吻得又開心又迅速。我們誰也不願先起床，衣褲鞋襪扔得一地，仍舊可見昨日的忙碌。十點我們終於起床了。這次起床對我們雙方意義重大。我們為對方穿上內衣外褲，一切都顯得興致勃勃。我們的起床延續了一個小時，其中間隔了諸多親吻與撫摸。林康就在這時候說了那句偉大的話，她說，當新娘真好。

婚後的林康開始了社交。她認識了一大幫豐姿綽約的女人。林康說，梅莉的雞心項鏈那麼大，都像鴨心了，你看看我的。林康說，小杜她丈夫上月在股票上發了，三個小時淨賺四萬八。林康說，人家媛媛那才是戒指，真正的南非鑽戒，哪像我，整個一銅箍。林康說，華蘭蘭家有高保真松下卡拉ＯＫ了，話筒都是松下牌的，金色，上面有英文Panasonic，林康說，朱彤的衛生巾廠開了兩年，小汽車都駛到公共廁所了。我一次又一次心不在焉地面對書本或地圖，聽林康說外面的世界。林康敘述的樣子像受過驚嚇，又激動又惶恐不安。我攬過林康的腰，盡量溫和地說，麵包會有的，一切都會有的。林康說，麵包當然有，你娶我還不就是買了塊麵包。林康說這話正是她當新娘的第十七天。書上說新娘的第十七天是女人一生中最美麗的二十四小時。我記起了這句話。懷著這樣的心情我審視我的妻子林康，我的心頓時涼下去。林康婚後的第十七天大失水準，出奇地難看。林康轉過了身，她的步行動態也出了問題。這世界變化真快。

我不是一個敏銳的人。我對世界的變化相當的遲鈍。我並不經意世界的五彩繽紛與瘋狂穿梭。世界在輪子上，朝自己不明瞭的方向轟然撞擊，一路閃耀金銀火光。商業與市場在風

蝕人們的神經，人們既興高采烈又憂心忡忡。儘管我不敏銳，可我知道世道的變化已經來臨，正跨越我的家門檻。金錢在半夜敲我們的家門了，像貝多芬的第五交響曲那樣，03 33 — | 1 — | 02 22 | 7 — | 7 — 1，命運敲響了我的家門。林康和我吵一次命運就向我逼近一次。我感覺到了世界的力量，可我不知道世界在哪裡。我漫無目的走上大街，大街上布滿陽光，各式人等行色匆匆，所有擦肩而過的人都留下酸臭的汗味。人體的這種分泌物充滿了醜惡性質，它使肉體與精神變得黏稠。焦躁的喇叭聲宣洩了司機的內心煩倦，反映出人類對自身目的過於熱切與缺乏節制。我走了一會兒就累了，累透了，都不知道城市在那兒了。我回到家，捧起書。我並不想研究歷史或學問，我只是讓浮動起來的心再降一降、靜一靜，有能力迎接林康。

天氣開始變熱。我們新婚的新鮮勁頭似乎過去了。我們的床笫之事有了些節制，大熱天我不再冥想，人也疲沓起來。林康一日接一日地憂鬱下去。她終日盤算我們兩個中的一個「下海」或「跳槽」。我提議說，我們到卡拉OK廳裡去坐坐，興許有點樂趣。我們選擇了最便宜的一家，最低消費每人人民幣三十元。我們坐在空調冷氣裡，手執冰鎮雪碧，四處一片暗藍。林康說感覺好多了。乘著興致我為她點了幾首歌，她唱得很開心，就是低音低不下去，調子起高了，高音部分又吊不上來。我注意林康的大臂上又有了清爽滑膩的手感。一下子又回到初戀歲月，整個晚上林康就熱烈地說，再唱一首，我就又為她再點一首，臨近子夜告別歌廳的時刻，林康又說，再一首，最後一首，唱完了就回家。

我們的好心緒沒有能耐到回家。從卡拉ＯＫ廳裡出來我們的皮膚就像燒著了。世界是逃不掉的，它永遠是老樣子。你躲來躲去還是要回到世界裡去。在路燈下面林康的情緒壞下去，臉上又出現了憂鬱，她的臉色在路燈下慢慢地難看起來。林康說，什麼時候家裡能裝上空調，小日本的空調一個要一萬多。我說，要不你到日本去。林康說，能去早就去了，沒那個命。我說，日本人可是給我們打回去的。林康笑起來，說，算了吧，你算了吧，中國人個個都是皇帝的心，太監的命。我說這話可說差了，你就沒有嫁給太監。林康說，你就剩那麼一點能耐了。這句話我聽了不開心，內心的厭煩如夏夜一樣升騰，我和林康在城市的夏夜款款而行，在城市的夜景裡構成了又一幅愛情與婚姻的苦難即景。我開始了心不在焉。我不時打量踽踽獨行的少女，她們像蝙蝠，在夜的顏色裡華麗地飛行。我其實不是一個花花腸子的男人，我弄不清楚這一刻我為什麼這樣看女人和姑娘。這不好，尤其當了妻子的面。林康說，你看什麼？林康顯然發現了我內心世界新動向，女人做了妻子在這上面都是有眼力的。我說，看什麼？我什麼都沒看，我只是有些心不在焉。不對吧，你弄錯了吧，林康說，是對我心不在焉吧。我說，有什麼好看的，又不是什麼天仙。林康站住了。我也只好停下腳步。不打自招！林康惡狠狠地說，林康這麼說著兀自走了。我無趣地走在後面。我認為林康應當說「此地無銀三百兩」，這樣說文雅些。「不打自招」，這樣的話完全是拉板車的人用的。我追上林康，說，看你氣壯如牛，完全可以拉板車去了。林康又停下腳步，兩隻手抱在懷裡，冷笑著說，怎麼嫁到你們陸家來的就得拉板車？

林康這話委實有些過分了。她這話是衝了我父親來的。我父親幾乎拉了十年板車。我的童年就在板車上一路吱呀了過來。

父親拉板車始於一九五八年。他成功地做了右派，整天拖了那輛木輪車跟在貧下中農身後，洗刷他的靈魂。父親的拉車姿勢是他留給我的最初印象。這時的父親顯得很粗壯，脊背被太陽烤得油光閃亮。但父親的臀部糟糕透頂，雪白細嫩，下河洗澡時顯現出與後背和雙腿令人絕望的分界。父親的臀部是他唯一沒有被改造好的部分，是舊時代殘留給他的最後的一塊文人氣息。拉板車的歲月父親終年不說話，像個啞巴胎。父親對人類語言的敵視極大影響了我的智力發展。我到三歲都不會說話，九歲依然口吃。父親不著急，母親也不著急。我猜想父親可能不太喜愛他的母語。但父親拉板車的日子產生了我的詩意童年。坐板車成了我一生的最大理想。父輩的不幸時常為兒輩完成一種烏托邦。我的童年生活浸泡在那種桃源式的歌謠裡。雞鳴桑樹巔，犬吠泥牆邊。我的世界裡只有泥土和植物，對它們我可以為所欲為。父親告別城市為他自己帶來了寧靜，也為我母親重新豎立尊嚴提供了機會。父親不說話，母親則成了最優秀的鄉村教師。父親不招人喜歡，也招不到討厭，而母親則是廣受歡迎的鄉村客人。母親的外地口語與眾不同，她的言談裡有完整的主謂賓與定狀補。她的口語就像「毛選」那樣又標準又正確。許多農民把他們的孩子送到母親面前，他們盼望自己的後代能像我母親那樣，一開口就不同凡俗，甚至能拿起毛筆，在新春時分的大門上寫下一副對聯，表達他們對黨、對毛主席、對大米棉花以及醬醋油鹽的款款深情。

父親拉板車的後期階段我沉醉於我的科學研究。我和貧下中農的紅後代們整天研究新型食物。那一年我五歲。我們的方式很原始，即身體力行。我們四處尋找，找到什麼吃什麼。饑餓使我們對鮮嫩植物充滿好奇與欲望。人類對食物的不斷發現應當歸功於人類的饑餓感。人類餓不死不是因為有食物，相反，是饑餓本身。世界在饑餓面前無所不能。大學三年級我曾在圖書館九樓通讀漢文版《資本論》，馬克思沒有能說出這個真理，這是這部從商品入手研究生產與生產關係的經典巨著給我們留下的巨大遺缺。誰是我們的食物，誰是我們的非食物，這個問題是生存的首要問題。我們吃棉桃，吃槐花，吃枸杞，吃桑葉，吃芨芨草，吃野茼蒿，吃蘆葦心，吃椿樹根。我們決定吃什麼什麼就能吃並且好吃。一九六二年的春天是槐樹花最瘋狂最豔麗的一年。與此同時，也是楝樹花最妖嬈最鮮嫩的季節。春風乍起，落英繽紛，千紫萬白，交相輝映。槐樹的白花與楝樹的紫花使我們的村莊呈現出一種大喪禮式的隆重喧鬧紛繁，就像林黛玉所描繪的那樣，花謝花飛飛滿天。林黛玉吃燕窩喝參湯，她當然要關心花瓣的飛行姿態。我們不關心。我們不認識姓林的黛玉。我們對植物的好醜喜惡只有一個標準：是否能吃。但你要知道槐花的滋味，你就要親口嘗一嘗。「嘗一嘗」的結果是令人振奮的。味道好極了。我想我肯定是吃得太多了，當天夜裡我就開始拉稀，拉稀令人絕望。肚子裡的嚴重虧空使拉稀的意義超出了病理性質。這次拉稀使我的腦袋更尖，下巴更長，鼻子也更扁。這次拉稀的曠日持久超出了常規。多年之後我依然有這樣的條件反射，看見槐花飛揚我就想拉。父親無計可施。父親與母親正一起承受著大便乾結的折磨，他們吃秕糠，啃地瓜，排泄物在腹部百結愁腸。父與子有關排泄的矛盾格局給了父親以靈感，他決定以毒攻毒。父親用秕糠往我的嘴裡塞。第二天他的以毒攻毒便大獲全勝。拉稀與便秘的鬥爭以秕糠的最終勝利而告終。我不拉了，立即又走向了反面，只剩下大便的欲望，卻無拉稀的曉暢。多年以來我一直做有關大便的夢，百般辛勞而無功。肛門的壓迫感讓我快要發瘋了。大學時代我曾就此請教過我的心理學老師。這位高個子「佛學專家」從釋夢的角度認為我可能是「性亢進錯位」。他一邊給我開書單一邊啟發我，注意「性欲肛門期利必多轉移」。大便阻塞的歷史時代我渴望放屁。不過話說回來，依照經驗，我是不太情願放屁的。肚子裡的東西都是寶，值得去愛護、去珍惜，哪怕是氣體。節省一點是一點。我們這個民族是放屁也能放出失落感與憂鬱感的民族，應當產生史詩與藝術巨製。有人說「一不小心」就能「弄」出個《紅樓夢》，我是相信的。肯定會有這樣的事。一般說我的寫作也是小心翼翼，真的「一不小心」弄出個《紅樓夢》來，多不好意思。

這一年的夏季充滿詩意與可讀性。這麼多年來一直是我追憶的重點部分。必須承認，這是一個華彩季節。這一年的夏天河裡擠滿了人。漢語說，「靠山吃山，靠水吃水」，說得真好。漢語文化對世界的唯一解釋就是吃。人們擁擠在河裡，向所有的水中生命發動挑戰。我記得人們在水裡熱情洋溢的模樣，一具又一具屍體漂浮在一九六二年的夏季水面。這些屍體隨液體波動，筷子一樣又生硬又零散，夾不住任何東西。許多屍體從水中撈起後被人抬著走，要繞過一道大壩，壩上用石子嵌了八個大字：打倒美帝！打倒蘇修！我們在胸懷饑餓的日子裡依然不忘放眼世界。

我真正放眼世界是這次海上。放眼的結果令人尷尬。我一無所獲。海是一副中央帝國的樣子。世界只是它的岸。在海上我堅信，人類的意志與想像只是相對於大陸而言的，如果沒有海洋，世界史只可能是獨裁者的日記。

白天我幾乎都坐在機艙裡。這裡馬達轟鳴。我堅信這樣的喧鬧轟鳴對梳理我的思想大有好處。轟鳴是一種負安靜，也可以說是安靜的另一種極端形式。我點了根菸，又孤寂又幸福地天馬行空。我喜歡這樣的心智狀態。大海一片浩淼，而前面就是日本了。許多日本漁船和遠洋油輪和我遙相呼應並擦肩而過，我注意到他們的船隻喜歡用漢字「丸」來表示。「櫻花丸」、「川貝丸」、「雪國丸」、「富士丸」，諸如此類。我越來越喜歡「丸」這個字，儘管我不知道它在日語裡表達了怎樣的所指。在海上緬懷人類的大陸世界，處處可以用「丸」去概括的。世界就那樣可笑，被一隻手搓成丸子，放在一些無聊透頂的地方，隨風漂泊，隨波濤洶湧而去。我用漢語思維，體悟，卻企圖涉及人類。我懷疑漢語可能是離世界本體最遠的一種族語言。它充滿了大蒜氣味與恍惚氣息。這種高度文學化、藝術化的語種使漢語子民陷入了自戀，幾乎不能自已。關於語言我可是個行家。我了解語言對上帝意旨的詮釋狀態。在這個世界上另一個像我一樣理解語言的是斯大林。也就是被稱為「全民的父親」、「人類的主宰」的約瑟夫·維薩里奧諾維奇。他寫過一本很有名的書，《論語言》，是一本寫得不錯的著作。我坐在木板上，屁股下面是柴油機的震顫，強烈而又細膩，我看見斯大林沿著我的想像向我走來。由於柴油機的緣故，想像裡的斯大林不住地顫動，像得了很嚴重的帕金森氏症。許多偉人都死於這一頑症，毛澤東就是其中的一個。斯大林站在我正面，留了八字鬚，身穿軍用呢大衣，腳著馬靴。他面色嚴峻，憂心忡忡，目光凝重而又冷漠，透出一股領袖式的宇宙感。只有關注人類與世紀的眼睛才會有這樣的目光。你好約瑟夫，我說，我想和你談談語言約瑟夫。斯大林站住腳，憂鬱地望著我。我加大了嗓子說，我們在海上，沒有路也沒有牆，這裡很安全。斯大林向四周看了一回說，我知道很安全，雖然我有很多警衛戰士，但我知道，有人就會有安全問題，警衛越多當然人也越多。——你瞧，這已經是邏輯學的範疇了。

您為什麼那樣關注語言，約瑟夫？

您為什麼叫我約瑟夫而不叫斯大林？斯大林反問我，這兩個概念都是指我。

約瑟夫是您，而斯大林是世界意義上的您。如果我沒記錯，「斯大林」是列寧同志給您起的名，漢語的意思是「鋼鐵」。

你瞧，語言多麼複雜，離開思想的抽象語言是沒有的，正如沒有離開語言的思想。你為什麼是漢人？很明瞭，因為你用漢語思維。

照這樣說，一個漢人能順利地用日語思維，他就會成為日本人了？

當然會。這是我研究語言學的意義所在。優秀的人類戰略家在任何時候都應當關注語言。人類歷史已經告訴我們，帝國主義時期是以「英語帝國主義」作為標誌的。同樣，俄語應當是人類共產主義的語言。人類大統的夢想必須以語言大統來實現。

可是中國人更愛說漢語。

唔，我們可以這樣說，那是具有中國特色的初級共產主義。

約瑟夫，我們談談具體的問題，這麼說吧，我對日語一竅不通，可我有日本人的血統，二次大戰時，您知道我……

是這樣，斯大林打斷我說，我明白了，是這樣。但你是中國人。就像約瑟夫是斯大林一樣不容置疑。漢語是一種不可同化的語言，它是語言學的特例。我了解漢語。我了解中國人。

我很高興我是中國人，對這個民族我充滿自豪，不過就我個人而言……

我只關注人類，斯大林鐵板了面孔說，我對個人沒有興趣。

斯大林就這樣打斷我的話。斯大林緊鎖眉頭的樣子使他更像一個憂鬱浪漫派詩人，甚至有點像葉賽寧或夏多布里昂。斯大林說過再見就走出了機艙。太平洋蒼莽無垠、碧藍浩淼裡有一種宇宙感傷渲染我、感動我，使我不能承受。海洋就是這種東西，吸引你來，再把絕望劈頭蓋臉潑給你。太平洋不關心人類的語言，它有它自己的文化局面，波動、傳遞。東西南北風東西南北浪，對世界不偏不倚。我手扶欄杆，意識到太平洋的存在是對人類的一種告誡與嘲弄。我堅信地球生命一定起源於海水。大陸生命的出現預示著海洋生命的一次有效剔除。這是大陸的災難之源。城市無疑是大陸的最後墳墓。人類習慣自掘墳墓，然後，迷醉而優美地跳進去。

我們就那樣在城市裡作賤自己。城市是人類放逐自我的最後途徑。和林康的吵架使我學會了出走。這次婚後冷戰持續了相當長的歷史時期。中間有過短暫間歇，甚至有過初戀的迴光返照。林康在這段日子懷上了我的孩子，隨後的一切又亂了套了。

我想我就是在這次冷戰中成長起來的。這段落魄的日子導致了我的外遇。是一次豐收。

事情發生在下班以後。下班後我漫步在街頭，剛領了工資，走在路上信心十足。晚風習習，華燈絢爛，行人也就格外的漂亮動人。完全是改革開放後的城市外景。喝酸奶時我遇到了夏放，她的本名叫王霞芳。夏放只是她的藝名，也就是在舞台上走鋼絲時所用的名字。我其實並不愛喝酸奶，我喝酸奶完全是我的一次精神渴望，我希望能得到一次緬懷。這裡面有潛台詞，日本人的廣告說：「酸奶——又酸又甜；初戀的滋味」。處在我那樣的時刻是容易追憶初戀的。我站在乳白色的立櫃前，說，酸奶。

外遇在這時拉開了序幕。一個姑娘站在斜對面，背影是窈窕淑女。白君子，黑背心，蘑菇頭。小腿有極好的外弧線。因為吮吸需要她的脖子傾得很長。她的脖子讓我激動，讓我無端地活躍起來。這樣的脖子無疑是產生愛情或婚外戀的溫柔場所。她轉身時我們的目光相遇了，還弄出了不少畫外音。我是一個極本分的男人，完全料不到自己在這上頭會有潛能。她的口紅笑起來，眼影部分有了適合於男人進攻的可能性。我說你好。她點點頭。好像是老相識了。我們結帳後款款漫步，城市夜景嫵媚起來，霓虹燈也活蹦亂跳。我開始讚美她的脖子，然後稱讚她脖子的上面和下面。由於酸奶的緣故，我的智力開始發酵，噴發出芬芳泡沫，說出了意想不到的美妙警句。她聽進去沒有我不知道，但我說得開心。我用批判現實主義的激情批判金錢、家庭，股票和倫理。在虛幻的激情中我意識自己實在是個偉人。這一回她聽得很耐心，低了頭，認真地咬左手的食指關節。她的這個動作可愛又可憐，使天下的男人勇氣倍增。我們在路燈下的身影時而頎長時而粗短，充盈了深刻的歷史精神和不確切的現實狀況。後來她說，我有點累了。她說這話時依然咬著食指關節。眼睛裡全是優美的委屈。我立住腳，想擁抱她，嘴裡卻說，你叫什麼？夏放，她說，夏天的夏，開放的放。我就料到她會有這樣的名字，不同凡俗，意味雋永。夏放眨巴了眼說，我累了，我真的累了。我提議找個地方坐坐，再喝點什麼。夏放說，要不呢，就到我那裡去，我可是從來不把男人帶到我那地方去的。我有點兒不坐懷而亂，愚蠢地笑起來。她說，笑什麼嘛，我就說，走。

我一點都沒料到我正在做什麼。興奮得過了頭了。男人的第一次外遇至關重要，它的意義等值於婚姻。所謂家花不如野花香，完全是一種驚心動魄的墮落，又無聊又幸福。進了門我情不自禁地誇她的腿。她說「當然好看囉，這雙腿是走鋼絲的嘛。」為了證實雙腿的良好性能，夏放挺直了一條，緩緩舉過了頭頂。夏放的這個舉動對我是一場災難。她的粉紅色內衣點燃了我的夏季。這時音樂響了，是一支簫，有氣無力卻春意勃發。我的目光生硬了，她恰到好處地兩腮含春。雖然鋪墊過於倉促，但畢竟是水到渠成。我們胡亂地吻了。

她經不起吻，鬆了下去。在夏季的這個晚上我走出了人生的重大步驟。夏放給了我無比新奇的感受，她在床上膽大心細無微不至。她的床上工作充滿想像力，體現了現實主義與浪漫主義的良好結合。這個走鋼絲的女雜技演員讓我體會到了鋼絲的危險與刺激。我們一次又一次起死回生，一次又一次有驚無險地跳向彼岸。後來風停了，雨住了，我們的臉上露出了笑容，滿足而又疲憊。夏放伸手摸過手錶，看了一眼。她很突然地坐起來，對我說，八點了，你該付帳了。我支起上身問，你說什麼？夏放沒看我，用剛才的平靜語調重複說，付帳吧，都八點了。

我坐起來。我心中大片大片的愛情剛枯木逢春就遇上了風暴。我企盼一次外遇，卻做了回嫖客。我說你是婊子。她笑起來，說，難聽死了。我說你他媽的是個婊子。她說，我六歲走鋼絲，十二歲團長把我睡了。走鋼絲，和男人睡覺，我就會做這兩樣事，不過呢，她咬著下唇說，女人誰不想做那個，你剛才說的那個，就婊子吧。

這個該死的夜混帳透頂。我走在夜城市路邊，腦子裡洶湧起大段的自我獨白，我相信第一回做了嫖客後的文人內心都裝滿了一部巨著，從盤古開天地到改革開放，從中華民族到美利堅合眾國。我開始了哲學沉思。我用幾個小時審視了自己全部的心靈經歷。我為找不到藉口而懊喪。於文人而言，深沉狀態大部分是墮落找不到借口的傷感狀態。霓虹燈依然在搔首弄姿，我習慣性地把手伸向口袋。空了，歸來卻空空的錢囊。我終於發現我的內心獨白遠沒有那麼偉大，沒有歷史氣息與文化構架，只是一種恐懼。人民幣貼到婊子的肚皮上去了，回家沒法向林康交帳。

大問題依然不在這兒。問題是夏放的身體和她床上的姿態對我產生了巨大誘惑。她那種大膽不要命的細膩波動與呻吟給了我罪惡式的歡愉。罪惡歡愉是一種徹底，人類走向「原罪」

委實是一種解放。我終於被自己說服了，第二次走向酸奶街頭。我知道我不可救藥了。「一」意味著誘惑，「二」則有了規律性墮落。我不是在街上，而是在電器商店裡找到了夏放。我走上去，輕聲叫她的名字，對她說，我們去工作。她純情無比地笑起來，甚至有點害羞，像個處女。聖潔與淫蕩歷來就是優秀女人的拿手好戲。她說，我剛買了盤瑪當娜ＣＤ。

今天回過頭去看，我解釋不了當初與夏放的諸種瘋狂。肉體被２４Ｋ情欲所左右，其實很可愛。妻不如妾，妾不如偷，偷不如嫖，東方的性審美似乎歷來如斯。

在我研究家族史的那段日子，我時常做一種可怕聯想，一想起板本六郎與我奶奶，我就想起夏放與我的細節種種。這種聯想令人絕望，卻又不可遏止。我弄不懂我的心智為什麼要做這種傷心滑行。它使我一不留神就會陷入尷尬境地。板本和陸秋野關於顏筋柳骨王皮趙肉有沒有取得文化共識，於我而言並不要緊。我關心的只有一點，板本是何時實現對婉怡的性占領的。我對此耿耿於懷。性占領是一種極其本質的占領，個人或民族的許多大話題都結在這上頭。那時候婉怡似嬌花照水，弱柳扶風；板本則身姿碩健、英氣勃發。這為占領與被占領都提供了物質可能。在那樣的日子裡，有一種東西是極其重要的，即那枱手搖式留聲機，它是我的家族史上最有史料價值的物什。我在許多作品裡提及過這枱由愛迪生發明的音樂機器。現在它已經失靈了，放在我的書房裡，遍身籠罩了一層歷史陳跡，銅質喇叭上生了許多斑駁銅鏽，墨綠色，像啞壞了的嗓音。這枱留聲機當年播放得最多的是梅蘭芳博士的唱腔選段。其時梅老闆蓄鬍明志，封了嗓子。他的唱盤自然也就格外注目。往年的陸府總是在夏夜唱堂會的，日本人到來後堂會也自然換成了留聲機。許多夏夜板本和陸府上的人們一起聽梅老闆的唱盤，我想這是極其可能的。他們仰望星空，四周蛙聲一片，螢火蟲的屁股在頭上的葡萄架間吃力地閃爍。陸府的不幸這時其實已經開始了。災難時常選擇良辰美景悄然而至。一件重大的事情在這種牧歌式的寧靜裡滋生了。這一夜人們照例坐著聽戲。大夥坐在天井裡，堂屋裡的蠟燭嬌羞如聖女，靜靜地秉照夏夜。張媽注意到板本、婉怡、客廳裡的紅蠟燭極其偶然地串在了一條線上。也就是說，在板本與紅蠟燭之間，婉怡的青春輪廓被紅蠟燭照亮了。她面側與後頸上的茸毛給了我奶奶一道細膩模糊的勾勒。婉怡動人的剪影喚醒了板本體內最活躍最嚴重的部分。他馬上做出了重要決定。悲劇業已發生。在這個決定裡我奶奶婉怡的悲劇命運已不可更替。這樣的悲劇既不是宗教信條，也不是哲學體系，只是生命的糟糕流程，或者說是生命裡的致命感受。婉怡的不幸印證了中國史裡一種最本質的部分，中國史說：災難的最後不幸總是由女人來承擔，真他媽的狗雜種歷史。

入侵者最無恥的舉動也都是風度翩翩的。彬彬有禮的獸行是入侵者最常見的行為規範。第二天是一個下雨的日子。奶奶的災難籠罩了婉怡少女時代最後一個處女夢。午後日本人的小汽艇靠泊了陸府後院的石碼頭。上岸的只有一個人，是板本六郎。板本走進客廳和陸秋野說笑了一陣。這時候衝進一隊人馬。有日本人，也有中國人。這一隊人馬端了長槍把陸府的上下全部趕進了後院。婉怡待在自己的閨房裡，剛要出來，門恰好給推開了。是板本六郎。板本那樣靠近俯視婉怡，婉怡的臉上感受得到灼熱粗重的男性鼻息。婉怡的咽喉往下咽了一回，隨後下巴慢慢地往上掛。婉怡後退的步伐與板本逼進的步伐剛好同步。婉怡的下巴用力地在動，想說什麼，卻終於沒有說出來。婉怡聞到了日本肥皂的芳香氣味。退到床邊婉怡坐了下去，神經質地握住紗帳，捂在胸前。板本挨著坐下去，攬住她的腰，然後解她上衣上的布質紐扣。婉怡的手僵在那裡，雙眼驚恐地盯住板本，甚至不會眨巴。婉怡的上衣就那樣給脫了，露出了藕色小馬夾。板本拽住兩邊，一發力，喪心病狂的撕裂聲在婉怡的內心拉開一道狹長縫隙。婉怡低下頭去，看見兩隻小乳房發出淡藍驚恐的光。婉怡的腦子裡響起了一聲沉重悶響，整個身子鬆塌了，掉了下去。婉怡在暈厥裡一直感覺到一條多腳軟體昆蟲沿著她的身體四處爬動。婉怡最終被一陣劇烈的疼痛撕醒了。她的身體在重壓中被一種節奏衝撞得支離破碎。婉怡睜開眼，另一雙瘋狂的眼睛卻貼在她的眼邊。婉怡張開嘴巴又一次暈厥過去。

日本人撤走後陸秋野老爺和太太一起衝進前院。天井裡瀰漫雨霧。他們看見婉怡的閨門大開著。他們立住腳，互相看了一眼，聽不見任何動靜。太太試探著走進去，眼裡轟地就一下，小姐光裸了身子散亂在床上。小姐的身子鬆軟絕望，散發出冷凝淒豔的將死氣息，蒼白而又幽藍。她的眼睛睜得很大，視而不見地眨巴。太太打了一個踉蹌，殺人了，太太說，殺人了。老爺剛要進去，先聞見了一股內分泌與血腥的混雜氣味，老爺的手扶住門框，腦子裡空了，只看見天井裡潮濕的地磚背脊發出骷髏一樣的歷史反光。陸秋野聽見房門轟地一下關死了。太太在這樣的時刻可貴地保持了冷靜。太太門好門，走上去給女兒擦換。太太的手觸摸到女兒的皮膚。是紅木一樣的細密陰涼。太太一邊忙碌一邊說，丫頭，你說句話，丫頭，你和你娘說句話。婉怡的目光慢慢地掉了過來，和太太對視，唇部動了動，啟開一道細小的唇隙。沒開口。

婉怡的沉默預示了她對災難的承受能力。我們家族的偉大忍耐力源於我奶奶婉怡。上帝只賦予人類兩樣最重要的東西，一是創力；二是忍耐力。上帝把它們分別賜給強大民族和弱小民族。在我奶奶那裡，需要忍耐的是屈辱，而到了我，最嚴重的是面臨饑餓。

我在大學二年級開始接觸傑克·倫敦。他在一本書裡說，「一塊給狗的骨頭不是慈善，慈善是當你和狗一樣餓時與狗分享的骨頭。」我讀這句話時在圖書館的二樓。讀完這話我便熱淚盈眶。大作家的身上總有一股與生俱來的悲憫，涵蓋了時空，感動人類。因為傑克·倫敦的啟發，我在大學圖書館裡反復追憶那段饑餓日子，饑餓歲月我關注的並非慈善，而是饑餓本身。我終日盼望一塊與我分享的骨頭，甚至一塊給我的骨頭。我饑餓的時代背景這裡不必補敘了，它發生在自然災害最猖獗的年代。那一年我六歲，也就是說我的饑餓也是六歲。

因為嚴重缺鈣，我的羅圈腿已見端倪，中間可以夾個西瓜。我的不少大學同學以為我來自鄂爾多斯大草原，因終年在馬背上馳騁，才長成今天這種樣子。回過頭來看災難總是那樣浪漫誘人。我對羅圈腿的關注是長大之後的事，我那時最關注的是手。我一直以為我還有另一隻手，長在胃裡，拽著某樣東西往上爬。有一本史書裡說，一個民族要出了問題，這個民族的人們對自身的認識就會接近神話。我堅信六歲那年我不是依靠想像，而是靠感知，在自己的胃裡增添了一隻神話之手。

那一個午後是刻骨銘心的。依照視覺上的記憶，應當是冬日。我們幾個人坐在一面土牆陽面烤太陽。我們不說話，聞得到屁股下面稻草的金黃色氣味，我們看見懶洋洋的太陽下面走過來一個人，他唯一醒目之處是上衣上有四個口袋。他背了一只包，上面有「為人民服務」五個平絨紅字。因為某種需要或者說天意，他走到我們的身邊，坐下來。他顯得很疲憊，坐下之後就閉上眼睛，與我們分享陽光。事情發展到此一直風平浪靜，他並沒有惹我們。可是，（歷史的緊要關頭，「可是」這樣的轉折詞一直非常壞）他竟然從他的土黃色挎包裡摸出了一只燒餅。冬日的陽光下面燒餅發出金色光芒，燒餅的芳香氣味五彩繽紛地散得一地。燒餅惹我們了，它光芒四射。我們的嗅覺吐出了春天的嫩芽，目光裡淌出三尺流涎。我們站起身，滿地都是投向燒餅的枯瘦身影。他閉著眼，準備享用這只燒餅。他在醞釀充分的唾液。他睜開眼時肯定吃了一驚，他看見了一排小狗蹲在地上，神色嚴峻，窮凶極惡又彼此防範。一群小狗就那樣盯著他手裡的骨頭。他馬上冷靜了，臉上笑起來，笑得很餓。而後他就張開嘴，把燒餅送進去，細膩地、嚴肅地、投入地、歷史感地開咬。他的黃牙陷到燒餅裡去了。在撕開之前歪了歪腦袋，爾後他開始了幸福偉大的咀嚼。他的咀嚼生動活潑，依照音響能聽得見牙齒與舌頭的空間位置。最傷心的時刻終於來臨了。他的喉頭動了起來，依照經驗，他馬上就要下咽了。他真的下咽了。他的大喉頭無恥地提上來，我們都看見那塊燒餅緩慢而抒情地、華麗而絕望地蠕動下去。我也咽了一口，肚子裡那隻手卻伸出來了，什麼也沒抓住，便又縮回去，反給我肚子一拳。我望著他手裡的燒餅，燒餅有一塊空缺。後來的歲月裡我堅信燒餅的空缺就是維納斯女神的斷臂，有一種殘酷、驚心動魄與無力回天的美學效果。他突然看著我，他的目光明白無誤地看著我。我預感到一種神祕的可能即將降臨。我有點暈，坐不住了。他說：「想吃？」我張開嘴，挪動過屁股。我不開口。我擔心一開口巨大的神祕降臨將就此消逝。「叫，」他說，「叫我爹。」

「爹。」我脫口而出。「爹。」我立即做了這樣的補充。我像狗那樣對稱地舔了舔舌頭。

他的臉上很開心，低了頭，用手指最靈巧的部分掰分手裡的燒餅。他掰開了蠶豆大的一塊，放在我的掌心裡。我的一隻巴掌托住蠶豆，另一隻巴掌托住巴掌。我把那隻蠶豆送進嘴裡去。我沒來得及咀嚼甚至沒有來得及下咽，那隻手就一把抓了下去。我咂嘴追尋燒餅的味道，可燒餅的味道空空蕩蕩，連同我的舌頭與童年一起空空蕩蕩。

「爹。」我的同志們一起高聲說。

然而他又咬了一口，把那塊燒餅放進了挎包。我們一起亮開了嗓門，像燕窩裡伸出來的嫩黃嘴巴。我們喊爹。我們彼此抗爭用力呼喊爹。他點頭微笑。不拒絕也不施予。他一定聽出了一種恐怖，那種孩童身上因餓極而出現的迴光返照。他站起身開始撤退。我們緊跟他，排了一路長隊，一路高叫爹，一路流口水。他甩開大步，最終在草垛旁轉身並消失。我們站住，道路空洞起來，我們的傷心開始升起。冬季無限蒼茫，天上飛過饑餓的鳥，它們的翅膀疲沓機械，向遠方無序而散亂地飛動。我們望著鳥，淚水與口水一起流淌。

我真正全神貫注關注鳥類是在海上。天空布滿海鷗。這個時候我當然不再是六歲孩童。海上經歷已經使我能熟練地胸懷祖國放眼世界了。在海上做鳥是一件痛快的事。海鳥的世界只是海水。沒有國境與護照綠卡那樣的囉嗦事。它們唯一的標記是「類」。我立在船尾，成群結隊的海鷗伴隨船體而行。它們離我那樣近，它們的羽翼纖毫畢現。它們瞳孔周圍的綠色光圈活靈活現，籠罩了海洋球面。它們不用擔心人類猛獸，甚至沒有風暴之虞。它們在沒有任何固體的世界裡自在飛翔，棲浮於液體表面。它們是那個世界裡唯一的固體生態。我時常順沿想像作起海鷗，扶搖而上九萬里，而後俯視人類。大地上沒有國界，但人類就是這樣自作自受，干戈相見了幾千年，最終安定於畫地為牢。人類把地球瓜分完畢，並發明「祖國」、「民族」、「家園」這樣營養豐富的詞匯。人類對自己的發明滿懷深情，把故鄉以外的地方稱為「天涯海角」，把家園以外的道路稱作旅途，把母語以外的語言稱作「外語」。我們就這樣放逐了自己，並為此興高采烈。

我已經說過，父親結婚時和愛因斯坦一樣，已經成功地做了右派。父親是我們家族史上唯一投身中國革命的先驅。父親後來又成了我們家族史上唯一的一位左派。父親在一九四九年的早春意外地叛逃而出，他遠離陸家大院，走上了革命道路。父親這樣做當然有其邏輯性背景，然而父親一直不願提及此事。父親的這一舉動理所當然成了我敘事裡的空穴來風。但不管怎麼說，父親成了革命隊伍裡一位能畫會寫的文化戰士，他編順口溜，出黑板報，用石灰漿揮刷大幅標語。父親用漢語作為批判的武器，參與了解放大軍對蔣家王朝的武器批判。父親的青春面龐和新生共和國一起閃閃發光。革命勝利了，共和國成立了，他衣錦還鄉，把火紅的青春全部奉獻給火紅的年代。他憋足了勁，不但迎來光輝的一九五七年，而且做了右派。他被送到了鄉村，在當年陸府長工們的監視下洗面革心。父親在鄉村經歷了一生中最充實的幸福時光，「母親只有疼愛孩子才會打孩子的屁股，」父親這樣對另一位右派說，「做右派是黨對我們靈魂的巨大關心！」父親感受到了中國共產黨慈祥濕潤的巴掌，是母親的巴掌，疼痛但貯滿母愛。他找來了馬克思的書，從「全世界無產者聯合起來」開始閱讀。父親從馬克思的字裡行間找到了人類的萬苦之源與理想明天。父親低頭忍受自己的饑餓，抬頭關注的卻是人類。父親在做了右派之後時常向共產黨最基層的組織匯報自己的思想。他說，他比任何時候都更想「成為一名布爾什維克」。村裡的「黨組織」是一位五十九歲的獨眼老頭，他是這個村的支部書記。獨眼支部書記來到父親的房間，向父親借錢。父親給他倒了開水，請他上坐。然後父親開始傾訴。他結結巴巴、夾敘夾議、聲情並茂。老支書用唯一的眼睛望著父親，說，你有錢沒有？父親說，沒。老支書站起來，跨出門檻。他背對父親，對父親說，你的思想黨組織已經掌握了。父親聽著黨的鄉村方言，一個人站在房屋中央，胸中霞光萬丈，玉宇澄清萬里埃。父親一遍又一遍回味老支書的話，熱淚盈眶了。父親寫了入黨申請，他知道從組織上來說這是不太現實的，但在靈魂上，即通常所說的思想上他有把握。他一次又一次在想像裡面對紅色旗幟與黃色錘鐮，舉起右手，握緊拳頭，一次又一次內心澎湃，淚如泉湧。父親真正成為中國共產黨黨員是一九九二年，這時候他退居二線已經三個月了。父親入黨時出乎意料的平靜。回家後，他出席了我為他準備的宴會。他多喝了兩杯，不久就睡了。

實際上我要敘述的不是父親的入黨，依然是他的家。父親的住家的一個廢棄的倉庫。閒置多年，裡面依然瀰散出糜爛稻谷和農藥化肥的混雜氣味。牆壁四周布滿了老鼠洞。父親那時和老鼠做了朋友。這個祕密是我在成人之後發現的。父親能和每一位老鼠悄然對視，長幼無欺。父親一連幾個小時望著他們，給他們讀書、讀報，為他們講故事，和他們一起開鬥爭大會，批判毒蛇與黑貓。父親和老鼠生活在一處而相安無事，這無論如何是一個奇蹟。我曾見過密密麻麻的老鼠在父親的面前圍著一個圓圈用力狂奔，像召開鼠類奧林匹克，我一去老鼠就跑光了。我專門問過父親這事，由此引發過一段很好的對話。那些話相當精彩，被我寫進了日記。

父親就是在大倉庫裡正式和母親結婚的。他們的床第支撐在大倉庫的西北角。這張床和一只泥質鍋灶的對面是龐大的空間。這些空間在夜裡成了隆重的黑色，裡面裝滿了老鼠的追逐和磨牙聲。許多夜裡母親總要點燈睡覺，但點上燈更可怖，那些碩大空洞的空間在暗淡的燈光裡變得杳無邊際。空洞在視覺裡有了體積和重量。它壓在母親的睡眠上，使母親惡夢連篇。這個倉庫沒有支撐到我出生就坍塌了。在夏末的一個滂沱雨夜裡，它死於一個霹靂。我記事的時候它的舊址已成了一塊稻田，每年都長滿不同品種的早稻。這裡是我的大學，我的早稻田大學。

我的另一所大學應當是那個叫夏放的女人。那個做皮肉生意的前雜技演員。在我研究家族史的空隙，我三十七次爬上她的床第。她給了我廉恥以外的巨大快慰。肉欲攥緊了我，她是床上的天才。我忘記了我是人，在床上我對她大聲吼叫，我是一條狗。夏放就說，我是一條母狗。這時候瑪當娜正在CD唱碟裡反復重複：像一個處女，像一個處女。我覺得我的夏放一點不比瑪當娜差。在夏放面前我認真地放射我的身體，它很好，所有的機件都功能齊全。我為什麼要研究該死的家族史？漢人，大和人，馬來西亞人，盎克魯·撒克遜人，德意志人，高盧人，亞瑪遜人，背格米人，愛斯基摩人，都是上帝精液的子民。我們是一家子，同志們！家族史歷來的歷史的叛徒，人類最輝煌的史前時代沒有混帳的家族。人體是歷史的唯一線索，人體是歷史唯一的敘事語言。惠特曼說得對，如果肉體不是靈魂，那麼靈魂又是什麼？所以答道，我又一次說，夏放，再給我。夏放肯定被我嚇壞了，說不行，絕對不行。夏放說，你累了，你要生病的。夏放關掉了瑪當娜，空間頓時安靜無比，一抹夕陽斜插進來，溫柔而又性感。我說你給我，夏放望著我，像夕陽一樣望著我。她的淚水滲出來，搖搖頭，說不行，你要生病的。我把她摁住。夏放說，你要累死的。後來夏放的話又語無倫次了。她帶領我走鋼絲，在八百里高空。我們火火爆爆又小心翼翼。我說，你罵我，罵我日本鬼子！夏放喘著粗氣，閉了眼說，你不要命了。

深夜一點我在夏放的乳房上醒來。我想我該起床了。夏放的睫毛上掛了淚珠，吻我，無聲無息。唱機上的綠色數碼在反復跳動。我托著她的腮，說，我的錢全嫖光了，你先記上帳。夏放幸福無比地說，日本鬼子！

凌晨兩點走進林康的貿易大廳完全是鬼使神差。我弄不懂我來做什麼。大廳裡燈火如晝，一桁又一桁電子終端吐出成串阿拉伯數字。我在角落裡坐進沙發，點上菸，看林康的背影。我一點看不出悲劇業已籠罩林康。她的背影與那張電子屏幕一起顯得十分正常。後來我看見林康站起了身子，站得極猛，雙手扶住屏幕，嘴裡發出一種聲音，像被燙著了。好幾位經紀人一同圍上去。我不知道在那個沒有空間的假想市場裡到底發生了什麼。我就聽見有人說，怎麼這麼快，天，怎麼跌這麼快。我撳了菸走上去，林康站在那裡，嘴裡銜了一支黃色圓珠筆。但她的臉色已經面目全非。她面如死灰，臉上的胎斑一顆一顆顯現出來。她盯著屏幕，兩隻眼珠慢慢向上插。她的身子晃了兩下，一點一點鬆下去，倒在黑色皮靠椅上。死亡瀰漫了大廳。

林康是在醫院醒來的。她一醒來就痴痴騃騃地和我對視。我給她遞過水，林康沒有動。過了好半天林康說了一句話。那句話狗屁不通，卻給了我十分銳利的永恆記憶。林康說：

……

全世界都在騙我。

後來林康閉上眼，淚珠子在睫毛上顫動。她的樣子真像夏放。我望著她，向她的腹部伸出手去。我的手放在她的腹部緩慢地體驗，我的腦海裡反反復復地追憶夏放，可我怎麼也想不起她的長相。我想像世界裡的所有女人長得都像林康。妻子是我們這個時代的君主，她駕御了你的一切，乃至想像力。我走上過廊，過廊裡是酒精與福爾馬林的混合氣味。我在黑暗裡吸菸。和我對視的是偉大著名的菸頭。它陪伴著所有的天才之夜。菸頭是夜的獨眼，它憂鬱而又澎湃。在菸頭的幫助下我想像起我的孩子，他長得像林康，完全是林康的翻版。但他是鋼琴家，靠十隻指頭在八十三個黑日鍵上與世界交談。他的指頭貯存了上帝的聽覺，英語的耳朵和日語的耳朵都不再依靠翻譯，直接走進人們的心智。他有一雙清澈的眼睛，額頭晴朗，笑聲燦爛。他娶了曼丁哥語系岡比亞著名的英雄昆塔．肯特的黑色後裔。他們真正跨越了種族，心平氣和地看待國界與語種。他們坐在飛機上，看不見國界，只看見山峰與河流，許多繽紛的顏色組合在他們的飛機舷窗下面。他沿著經緯線飛往所有的地球表面演奏他的鋼琴，所有的人都聽過他的音樂，就像所有的人都有想像中的聖誕老人，白頭髮，白鬍鬚，紅帽子與紅棉襖。這不是一個具象的人，卻伴隨著人類的願望，直到永遠。這是我的孩子一生所要做的事，他只用十個指頭，完成得舉重若輕。

在這樣的夜裡我再一次無可奈何地追憶起板本六郎。我的心智全亂套了，像我的次品電腦染了病毒。我的想像在深夜疊現諸神毫不相關的事理。我不知道板本六郎是誰，關於他我實在是一無所知。這個因為文化吸引走進我奶奶家門的日本男人，卻又在我奶奶的身上創造出巨大的悲哀。這位入侵者膜拜在中國文化面前，依然不肯放棄對中國人的占領欲望。他必須為所欲為。只有這樣他才是真正的占領者。十七歲的婉怡只用了一個下午便走完了女人的一生，這一點奶奶與父親是相反的，父親用一生的時間都沒有完成自己的真正午後。婉怡多次決定結束自己的生命，但她的自殺企圖讓老爺一次又一次化解了。婉怡事實上已成了老爺手裡的賭注，老爺的家園全部壓在了十七歲的婉怡身上。十七歲的婉怡整日坐在她的閨房內，等待日本人對她的強暴。命運只為奶奶做了這樣的安排，我奶奶十七歲的婉怡她老人家別無抉擇。

日本人板本六郎在陸家大院裡只做兩件事：練習書法，強暴婉怡。他平平常常地這樣做。陸家大院平平常常地這樣接受。

初次的疼痛與驚恐之後，婉怡迎來了真正意義上的屈辱。已婚男人板本六郎開始了最慘絕的性掠奪與性剝削。他顯示了驚人的耐心，他的身體與語言都顯得無比溫存。婉怡的身體在空虛裡出現了鬆動，出現了出賣自己的可怕苗頭。她產生了性快感。這種感受使她無比羞恥卻又不可遏止。她身不由己。性高潮使我的奶奶痛不欲生。板本六郎在性高潮的前沿讓我的奶奶欲罷不能。婉怡用指甲摳挖自己的青春肌膚。她痛恨身體，對自己的肉體咬牙切齒。她老人家在性高潮的大屈辱裡詛咒肉體對自己的無情反叛。如果肉體不是靈魂，那麼靈魂又是什麼？

這樣的大屈辱產生了父親，產生了我，產生了我們家族的種性延續。不難看出，《聖經》產生於原罪。這句話也可以這樣說，原罪產生了真正意義上的宗教。歷史就是家族對祖上的懺悔。這是人文的全部內涵。

林康被注射了鎮靜劑，睡得很踏實。她打著小呼嚕。我的孩子在她的安眠裡安眠。太陽出來了，我睏得厲害。這個世界睏得厲害。

醒來時天已微明，大海的凌晨無比清澈，沁人心脾。我應該看一回日出了。這些日子我唯獨誤過了日出。我決定看一回太陽升起的樣子。我洗過臉，刷完牙，靜坐在船頭。我知道我走進了儀式。

天是藍的，海是黑的。最初出現的一抹陽光是扁的。但太陽還沒有出現。世界處在一個精心的準備階段。宗教氛圍無所不在。太陽出來了，只有拇指那麼大，是一塊猩紅。然後大一點，再大一點。和太陽的面對面我第一次依靠人類的感官體驗到地球的自轉。這是一個偉大的感覺，是四兩撥千斤的感覺。這個感覺來自於哥白尼和布魯諾。人類感覺的每一點進化都蘊涵了漫長的人文歷史，蘊涵了大犧牲和大痛苦。東方紅，太陽升，我很突然地傷感起來。沒有理由。地球在轉，我吸附在地表的弧線上，參與了這種偉大的運轉。浩瀚的海面血紅了，太平洋傷心起來，這個液體的大世界靜穆地移動，在人類的視覺之外激盪奔騰。

儀式完成於尋常日子開始的時刻。我的淚還沒有流出眼瞼，我的激動便陽痿了。一個身影在我面前傲岸地出現了。他以這樣的教誨對我說：

聽我說孩子，一個人是一個局限，一個生物種類依然是一個局限，因為地球必須依靠我的哺育。

你是誰？

我是日神。也可以說是阿波里、諾日朗或羲和。

我認識你，我們的夸父追逐過你，而我們的后羿又捕殺過你。全是你鬧的。

明白了，你是人。地球上就你們愛走極端，聽說你們想當地球的領袖？那個莎什麼比亞自吹自擂說你們是宇宙的精華，萬物的靈長？有這回事吧？你們打得過獅子嗎？

打不過。可我們有智慧。

傻孩子，智慧是我扔給人類的魔法，讓你們折騰自己用的。

你算了吧，我們用智慧已經揭示出宇宙的祕密。我們了解自身，我們也了解宇宙。

傻孩子，宇宙的所有祕密早就讓我放到一個安全的地方去了——就在你們的腦子裡，我把它們放在了智慧的背面。你們越思考離祕密就越遠。你們看不見宇宙祕密就像眼睛看不見自己的目光一樣。

你胡說，沒有誰會相信你。

我不用騙你，孩子。就像你從來不用騙螞蟻。我沒有理由騙你們，是你們自己在騙自己。這樣，舉個例子，地球一直圍著我轉，可你們的視覺一直以為我圍著地球轉。人類了解這個最簡單的道理用了幾千年，你們反而把發現常識的人稱為英雄。記住，孩子，人類的英雄都是由於發現了常識而永垂不朽的。偶爾發現真理的人都成不了英雄，都要付出代價，因為接受真理的歷史太漫長，真理一旦被廣為接受，又將是幾個世紀，這時候真理早成了常識。

我對你說的話不感興趣，我在大海上只關心有限的幾件事，想念我的奶奶和那個日本雜種板本六郎。

關心得有道理。不知生，焉知恥；不知來，焉知去。

你能告訴我一點什麼？

不能。我只管普照大地，而後留下陰影。我不關心人類的幸福。時間與鐘表無關，海洋與液體無關，幸福與太陽無關。

你是個騙子。

我是日神。再見了孩子，我有我的工作。神在江湖，身不由己，我要上路了。

你接受了人類的膜拜卻說走就走，你是宇宙第一大盜。

接受膜拜是我的工作，說好了的。

太陽就升起來了。宇宙一片燦爛，海面金光萬點。日神在萬里晴空對我微笑。他俯視我們，雙眼皮，胖胖的一個勁地慈祥。他的四周是線形光芒。向外發射，無窮無盡。天空在他老人家的前面只供他老人家閒庭信步。他說得真不錯，這是他的工作，說好了的。太陽與幸福無關。

但海洋依舊。液體世界坦坦蕩蕩。這是孕育風和雨的巨大平面。遠處有幾艘遠洋巨輪，它們為世界貿易而貫穿全球。遠洋巨輪在海面上相對靜止，分不清國別，在大海上宛如孩童放在澡盆裡的玩具。

「文革」時期這樣的遊戲一直陪伴著我：找幾個蚌殼飄在澡盆裡的水平面上，父親指著澡盆向我灌輸了海洋這個大概念。我弄不明白父親為什麼要和我說這些，也許是太孤寂了。「文革」是父親的生命史上最苦的章節。他清楚地看到自己不能入黨了。這還在其次。大革命如火如荼，父親不能革命，也不能反革命，甚至不能被革命，他是一隻死老虎，除了有限的陪鬥，他一直被排斥在革命之外。這使他傷心傷肝傷膽。父親或我們的父輩在本質上是不會「出世」的，他們渴望入世，他們鞠躬只作軍前馬，九死一生終不悔。父親的晚年成了一個真正恬淡的人，到了無為之境。他經歷了極其痛楚的心靈磨難。這段歷程不是來自《莊子集注》，恰恰來自「文革」。「文革」是父親的絕對惡夢，儘管他承受的並不是「浩劫」。

父親向我講述大海。父親一次又一次用「看不到岸」向我描寫海洋世界。現在想來這裡頭蘊含了他的絕望與悵然，也蘊含了多年之後我的大海之行。「看不到岸」畢竟是以超越視覺極限做前提的。依照父親神一般的啟示，我把澡盆想像成海，從比例關係出發我只能用一隻螞蟻來替代自己。也就是說，這時候螞蟻就是我了。我不知道螞蟻能否從此岸看到彼岸。這時候我望著水裡自己的倒影不知所措起來。我不得不指著倒影追問父親，那個「我」到底是誰？想像力的最初發展必然導致自身的疑懼。這完全是沒有辦法的事。這個遊戲的當天晚上我曾問父親，我是從哪裡來的？父親說：「撿的。」我說，從哪兒撿的？父親說：「垃圾堆裡。」我說，為什麼是垃圾堆？父親說：「被人扔了，用報紙裹著。」我說，是誰扔的？父親說：「生下你的人。」我說，從哪兒生的？父親說：「胳肢窩裡。」我說，胳肢窩又沒有洞，怎麼生得下來？父親說：「用刀割。」我就拿來一把張小泉牌剪刀，對了自己的身體剪了過去。父親奪下剪刀，對我說：「出去玩。」這樣的對話貫穿了我的童年，它使我憂鬱。童年的憂鬱都一直與生命的本體有關。我堅信大部分中國兒童有過我這樣的精神負擔。我們沒有答案。父親或母親在山窮水盡時一律用「出去玩」來打發兒童的哲學憂鬱。中國的父親不太願意交代自己與兒子的淵源關係。這裡頭可能有一種種性脆弱。中國父親一律希望自己的子女能大異於自己，產生「雞窩裡飛出金鳳凰」這樣的質變效果。所以我只能望著澡盆裡的蚌殼，在大海裡飄蕩。我的海洋世界是那只童年澡盆，它決定了我的憂鬱氣質與未來的寫作生涯。

憂鬱質一直陪伴著我，直至我有了夏放的外遇。外遇使我開朗起來。這使我立即發現我是一個十分浮淺的傢伙。我馬上又嘗試了與其他女人花好月圓。我相信了這樣的話，十個女人九個肯，就怕男人嘴不穩。我可是一個不多話的男人。我這樣的男人完全適合肉欲縱橫的都市時代。她們可不擔心我「說出去」。林康在家裡懷孕，我在外頭「搞」，真是兩頭不誤事。

我不知道我怎麼就變成這樣。看來外遇真是魅力無窮。它讓你欲罷不能。外遇是這樣一種東西，它有始無終。它使你在與任何適年女性交往中學會以豔麗的眼光看待人生。我不放過任何機會。我堅信男人和大部分女人（女孩）之間有著無限可能。我正是在這個理論基礎和認識背景下認識王小凡的。是在那個綜合性大學的知行樓前。王小凡，女，芳齡十九，大三物理系，北京人氏，身高一米六一，體重六十公斤，皮膚微黑，雙眼皮，黑眼珠，翹鼻頭厚嘴唇，臉上常有熱愛生活的新鮮表情。我碰上她時她正在看英語書，眼神裡是強迫記憶的樣子。我看著不錯，就走了上去。我一走上去其實她就完了，她還能有什麼好？

我們接吻是在當天晚上。學校正放了暑假，適合偷雞摸狗。在王小凡面前我再次證實了自己實在是個下作無恥的東西。我的主題非常明確，上床，而後完成苟且事。但我不急，過程是要緊的。現在想來我真是過分了，什麼女人我不能找，偏偏找這樣一個姑娘。不過我沒辦法，處在這樣的時候你不搞就是別人搞。與其別人搞，不如我來搞。這是哲學，也是詩。

上床是在第三天下午。從後來的實踐看，這個過程顯得過於保守。爬進大樓，撕掉了宿舍門上的白色封條。我們躺在了她的小木床上，通身上下都是汗。胡亂吻了一通，我悄聲說，好嗎？她懂我的意思了，頭枕在枕頭上，閉上眼，她就點點頭。我就往上摺她的綠方格擺裙。她夾住了。我拽了一把，她又夾了一回，她的臉紅得厲害，已是春色盎然。她閉著眼極小聲地說，你先下去。我就下床，在水泥地板上踱步。她又說，把帳子放下來。我就放下來。她說，用夾子夾好。女孩的這種儀式讓人幸福讓人心酸。我聽見蚊帳裡許多細碎的聲響，後來安靜了。我反而不知所措。做深呼吸。這時候她說，上來。這兩個字她說得極柔嫩，卻是如雷貫耳。我猜得出裡面的自然景色。我伸過頭去，她和我對視，也不眨巴。眼睛裡黑是黑，白是白，光明透亮。她伸出手來，握住了我。她把頭側向了裡邊，說，用那個，我插到枕頭下面，摸出了一串避孕套，一大串，是一個又一個圓。我說，你怎麼會有這個？你別問，她說。她這樣說我不開心。我弄不清我和她到底是誰在捕獵誰。我們開始了。她咬了下唇，只是轉動頭部，黑髮如液體一樣波濤洶湧。小鴿子，你這個小鴿子，我說。——你，她文不對題地說，——是你。

這次性經歷對我意義極大。可以用這個詞：銘心刻骨。有一瞬間我產生了這樣的幻覺：我不是我了，我成了板本六郎。在身體下面呼應我的不再是王小凡，而是婉怡。這個念頭不可告人。我堅信伴隨著性行為所產生的錯覺時常就是人們力圖迴避的歷史。歷史會在男人的性經歷中驚奇地復生。男人應當警惕自己的性欲望。這是大事。男人應當慎而又慎。亡靈在我們的軀體上復魂可是駭人聽聞的，一不小心便會把自己扔到「多年以前」。

因為這個念頭作祟第二回合我就心緒不寧。小凡看出來了。我們草草完成了第二章節。小凡為我擦汗。她用肘部蹭我一把，嘴裡說，嗳，我嗯了一聲，順勢想吻她。她側過頭去，說不要。我卻收不住心思，內心不停地模仿陰暗的錯覺。我躺在那裡，喘息和流汗。想老婆了吧？小凡說，不是，我說，不是。那想什麼，小凡說，看你臉上的樣，像解放前。我說，我就想解放前。小凡卻笑起來，側過身，吻起了我的胸部。我突然就升起了一股怒火，把小凡擺平，騎上去。這一個回合來得山呼海嘯，身體發出了撕裂的聲音。你說，打倒日本帝國主義，我命令說，你快說打倒日本帝國主義！小凡快活得發瘋了，她的身體風鈴一樣搖盪起來。瘋了，瘋了，小凡說，你瘋了，你瘋了。

在想像的那一端，婉怡終於懷孕了。她懷上了我父親。屈辱同樣可以產生生命。在這裡我想做點補充，婉怡的懷孕板本六郎最終未能知曉。他死於一場小規模狙擊戰。戰爭就這樣，它從不念及文字或故事，它從不在乎當事人是不是某個故事的承擔者。它讓你三更死你就活不到五更。戰爭為我的敘事留下了無限空缺，幾輩子都補不完。我在上海尋找奶奶的絕望裡多次想起過板本六郎。我想念他，這個毀滅我們家族的魔鬼。他是我的爺爺。我在大上海的馬路一次又一次設想板本六郎六十至七十歲的老人模樣。這樣的想像讓我斷腸。我傷心至極。民族和國家絕對不是大概念，它有時能具體到個人情感的最細微部。讓你脆弱神經揹起一個民族或某個歷史時代，讓你在不堪負重裡體驗他們的偉大，這個哲學結論讓我愈發酸楚。上海是個令我畏懼的城市，到了上海我就要發瘋。我想念我的奶奶，我親愛的奶奶婉怡；我想念我的爺爺，狗娘養的死鬼爺爺。他們的陳舊面容和青春輪廓充斥了我的胸間，相互依偎，相互敵對，在我胸中東搖西拽。我聽得見腸子被扯動的痛楚聲響。我今天依然在痛苦。我想告訴別的史學家，中國現代史實際上遠遠沒有真正結束。

我奶奶婉怡是在中國現代史裡懷孕的。她在一個午後暈厥在過廊的木質欄杆旁。她的臉灰白如紙，她的表情像一張紙錢在半空無聲閃耀。醒來時她老人家躺在竹榻上。手腕被任醫生握住，放在了膝蓋處。任醫生極細心地問切，最後站了起來。陸秋野說，怎麼了？任醫生就是不開口。陸秋野說，要抓什麼藥？任醫生最後說，也不要吃什麼藥，她只是虛。陸秋野問，她到底怎麼了？蓄了鬚的任醫生望著大廳裡的中堂畫軸，卻又忍不住回過頭來看望婉怡。婉怡低聲說，爹，你陪任醫生去喝茶，我不會病的。任醫生沒有喝茶，匆匆告退了。等下人都下去，婉怡躺在那裡開始無聲地流淚。婉怡說，娘，誰讓你們喊醫生了？我哪裡就能死了？我還怎麼活？太太怔了半天，脫口竟說，你不來紅了？婉怡說，都二十三天了。太太說，阿彌陀佛，阿彌陀佛。

依照順序，下面的敘事自然要涉及到父親。這是一個極困難的話題。我不知道該怎麼說。父親是板本六郎和婉怡的兒子，這個不需贅言。從血緣關係上說，父親應當是陸秋野的外孫。而在我的家族史裡，父親一直叫陸秋野爹•關於這一點我在下面要做介紹。這個不倫不類的尷尬局面當然是日本人板本六郎強加的。我不知道我的這部作品有沒有機會譯成日語，我當然希望板本六郎的家族成員能讀到它。我想對他們說，人類是每一個人的人類，人類平安是家族安寧的最後可能，對此，我們每個人責無旁貸。

婉怡九個月的孕期太太則懷孕了九個月。這對於陸府是一個巨大的難題。但除此別無良策。陸府裡的下人們很快就聽說，太太「老蚌得珠」了，二茬春，又有喜了。這樣的謊言當然是做主子編出來的。說謊的人歷來對謊言十分自信。尤其是做主子的。陸府的主子們堅信下人們不知詳情。他們生活在謊言裡，煞有介事。他們羞愧萬分地演戲。這一年陸府裡的植物分外妖嬈，後院的大芭蕉與藕池裡的巨大葉片都展示了一種特殊旺盛的血運。在陽光下面反射出耀眼光芒，碧油油上了一層蠟。陸府的這一年總體上說異乎尋常，鬼鬼祟祟地富貴，鬼鬼祟祟地寧靜，鬼鬼祟祟地裝模作樣。這一切全因為父親。

婉怡的產生沒有戲劇性，由於奶奶年輕，父親的出生出奇順當。為她接生的是下人張媽。因為掌握了主人的祕史，張媽就此走進了我們的家族，並成了我們家族飛揚跋扈的女人。人們怕她洩密，而最洩密的恰恰正是這個女人。當然，這並不要緊。要緊的是陸秋野，我一直沒能弄明白他第一次見到父親時是何種心理。我沒法設身處地。我不能確定具體的日子，但事實是，這一天肯定有過。有一點我想過多次，陸秋野一定產生過掐死父親的可怕念頭。我認為這一猜想符合中國史。只有這樣才能「一了百了」。父親能活下來無歸功於婉怡。是婉怡偉大的母性挽救了父親。人類的本性與歷史規則之間僅存的這樣一條縫隙讓父親抓住了。父親的苟活得益於此。父親的不幸更原始於此。婉怡為她自己生下了一位弟弟，但是從來沒有見過她的孩子弟弟。作為家族史成員，我靠直覺可以肯定這個歷史結論：陸府終於又編造了一個謊言，婉怡順應這個謊言即將永遠離開楚水。歷史就這樣，一旦以謊言作為轉折，接下來的歷史只能是一個謊言連接一個謊言。只有這樣，史書才能符合形式邏輯，推理嚴密，天衣無縫。在我成為史學碩士後發現了這樣一條真理：邏輯越嚴密的史書往往離歷史本質越遠，因為它們是歷史解釋者根據需要用智慧演繹而就的。真正的史書往往漏洞百出，如歷史本身殘缺不全。

我又說起了這樣空洞乏味的大道理。說得又平常又冷靜。其實這時候我已經再一次淚流滿面。我不知道我哭什麼。我坐在枱燈下面。小鬧鐘裡紅色秒針在機械地數時間。我想起了我奶奶永遠離開家門的那個清晨。我堅信是清晨，我們家族最要命的事件都發生在清晨。天剛剛亮。只能看見行人的大致陰影。小船靠泊在後院的石碼頭，四處布滿露珠，涼意逼人。婉怡的疲憊身軀打了一個寒噤。婉怡走向石碼頭，她在楚水徹底失去了生存的基本與可能。我知道婉怡這時候已經沒有痛苦了。她無限麻木，但聽覺卻靈敏起來。她聽見了槳櫓的欸乃聲。我奶奶踏上木船，世界搖晃不定。遠處有公雞打鳴。婉怡聽見船工打飽嗝的聲音，船就向河心滑去。婉怡回過神來，傷心往上湧，絕望往上湧。我奶奶望著陸府的黑色輪廓一般熱血就沖了上來。她坍塌了下去，倒在船艙。醒來天已大亮，婉怡輕聲說，娘，孩子，娘，孩子。這時候初升的太陽浮於水面，我奶奶對著河面盡頭血紅色太陽大聲說，天啦，天！後來船拐了一個彎，婉怡，我的奶奶，消失了。水面上只留下風，留下一道長長的水跡，一塊水疤。風後來把那塊水疤又吹皺了。水面重新呈現常態，千萬年亙古不變的常態。這種液體常態永垂不朽，不對我說一句話。它連繫了我的鄉村夢與傷心的大上海。

做為補充，另一個細節不能不交待。事情發生在抗戰勝利之後，是一個雨夜。子夜過後靠近凌晨。四個濕漉漉的黑色男人敲響了陸府的大門。陸秋野正在夢中。醒來時額頭正中央頂了個圓。是盒子槍的槍口，又硬又涼。陸秋野聽見有人低聲說，不許動，跟我們走。外地口音，無比嚴厲。陸秋野被捂上嘴，由四個人架著，走了很遠。在一條水溝旁他們停止了腳步。這時候大雨滂沱。外地口音命令陸秋野跪下，從他嘴裡拉出布團，而後問，叫什麼？陸秋野說，陸秋野。陸秋野就聽見那人說，我代表人民，判處漢奸陸秋野死刑。陸秋野沒有來得及說話，就聽見叭的一聲。陸秋野的故事在一九四五年戛然而止。

但歷史把那把盒子槍的回聲留給了父親與我。在我研究家族史之前的漫長歲月，父親提起陸秋野時總是說**你爺爺**。父親對歷史的故意隱瞞讓我體驗到了歷史的可怕。我時常在下雨的子夜失眠，看見歷史站起了巨大身影，以鬼魂的形式向我逼近。我一不小心就能看見我「爺爺」太陽穴處的槍眼，雨水把血跡沖乾淨了，槍眼翻了出來，一片焦黑，依稀聞得見肉絲與骨頭裂口散發出憂傷肉香。這樣的時刻我會無助地顫慄，孩子一樣渴望親吻與擁抱。我忘了自己是男人，在黑色的房間裡東躲西藏。我常為這樣的舉動羞愧，面對親友都難於啟齒。

這一切瞞不過林康。她不止一次當著我父親說我「神經病」。父親笑得很大度，滿臉都是當父親的笑。父親的笑容替代不了我的感受。我知道生活嚴重地來了。天下的妻子都是這樣一種東西，她們在男人的空間裡無所不在，她們對男人的隱私無微不至。但林康不知道我的身世，謝天謝地。許多夜裡我想把歷史真相告訴林康，我早就不堪負重了。但我不敢。在那個夏季我時常獨步街頭，銳利的陽光在大街上橫衝直撞，在陽光裡我憑空思索起身體內部血液的流動模樣。我覺得弄清楚它們於我十分重要。我想不出頭緒，但我認定血液在我的體內東抓西拽，是一隻手的樣子。這隻手攥緊了我的生命。大街上熱浪滾滾，高層建築安安靜靜，投下巨大陰影。五顏六色的金童玉女出入在商店與商店的廣告牌下面，卻比隱藏在夜色裡更讓我覺得陌生。炎熱的夏季我倍感孤寂，一切都鬆軟無態，連同時間一起，敷散開來，收不住筋骨。在這樣的時刻我決定看看自己的血液。我急於瞭解他們的顏色與形狀。我決定回去。我在街頭走回家的路，一邊流汗一邊看自己的影子。夏日的影子真鮮明，這是夏季送給我的唯一禮物，但帶不回家。一進家門上帝就把它收走了。我進了家門取出一只搪瓷盆，瓷盆裡貯滿清水。水極乾淨，接近於虛無。我用菜刀在手腕上畫下一刀，血排了長隊，呼嘯著衝入搪瓷盆。他們無限抒情地洇開來，寓動於靜，飄飄浮浮，如七月裡的彩雲，變幻蒼狗與紅馬。我的血止不住，他們爭先恐後，在空中畫了一道鮮紅的弧線直奔自由而去。我無端地恐懼了。但我找不到那隻手。那不是劉雅芝的手。我明白那隻手不會出來，它捏著我的血管。在我的肉體深處惹事生非。

林康從房間裡走出來。腆著她的肚子。林康望著一盆子血水驚呆在那裡。怎麼了，林康說，你怎麼弄的？我的手，我說。你的手不是好好的？我想找到那隻手，我說。——神經病！林康沒好氣地撂下這句話。

林康的懷孕是我們家族史上的一次事故。那個下午我們一同看了一部法國電影。從頭到尾都在鬧愛情。回到家林康就心血來潮了。林康換了件粉色內衣，讓我看她的腿。她問我，好不好看？我說好看。她說性不性感，我說性感。她伸出一條腿說，你看，你看，你快看！我被她弄得耐不過了，扔了書，就看了一眼。林康不高興了，說，怎麼這樣看，眼睛裡一點愛情也沒有，一點火星也沒有！林康說，重看，眼裡要有愛情，要竄火星。我站起來，說親愛的老婆，你總不能讓我強暴你吧？——為什麼不！為什麼就不能？林康說完這話生氣地走進衛生間，打開水龍頭。一本書上說，已婚女人通常渴望性暴力的，為了我們的偉大愛情，我決定偷襲我的老婆。在她洗到關鍵時刻，我衝了進去，眼睛裡弄出了一些電閃雷鳴，抱出來就把她擺到地板上。林康興奮得直打哆嗦，幸福地反抗和掙扎，地板上沾滿皂沫和水跡。她大罵流氓，大罵不要臉。後來她服貼了。再後來就懷孕了。她發現懷孕時似乎生了很大的氣。責問我，為什麼不用工具？你存的什麼壞心思？我想了想，說，眼裡冒火了，哪裡來得及。林康咧開口紅，幸福地說，臭男人，狗屁男人。

林康就這樣懷孕的。悲劇就這樣誕生了。問題大了。但問題不在林康，在我自己。我很快知道家族的版權了。這使我對林康的腹部產生了巨大仇恨。我是一個眼睛從不「冒火」的男人，僅冒了一次，就出了大事故。這是命。那些日子我常盯著林康的腹部發愣。腦子裡追憶的卻是父親。我懷疑父親曾產生過殺了我的可怕念頭。我的猜測絕對不是空穴來風。我十分渴望「弄掉」林康的肚子。現在想來父親沒能「弄」掉我完全是因為政治。政治找上了他的家門，攪亂了他，對我自然就無暇顧及了，在我成長的日子父親從不向我示愛。他愛上了科學。「文革」開始後不久他就意外地迷戀科學了。他從熱衷政治到然後科學也是一個謎。父親愛上的當然是自然科學（我一直覺得漢詞「社會科學」實在莫名其妙），父親在鄉村痴迷於斯。他的研究是非功利的，他一個人孜孜以求。父親兒時讀的是私塾，他對近代科學幾乎一無所知。但他很快表現出對科學的赤膽忠心，他從初中代數和初中幾何學開始，一步一步向科學腹地慢移。運算和推導成了他生命的方式。父親對每一條定律與公式都重新審視。他是個天才。對他的追憶常令我想起浮士德。父親終年沉默，垂著碩大的腦袋。他把地面做了他的私人稿紙。他整天比畫、搖頭、嘆息，沒有竟時。父親找來了一堆又一堆馬糞紙，剪成若干歐幾里德平面。父親把那些平面掛在牆壁四周，他的目光停留在馬糞紙上，春節的爆竹都不能喚回他對生活的興趣。後來父親開始了物理學研究。進入七十年代父親業已成為我們鄉村的愛因斯坦。他的科學研究取得了驚人發現。有一陣子父親通宵不眠，那一天早晨他衝出大門對上工去的貧下中農大聲說，我證出來了，我證出來了！父親說，把蘋果扔出去，一定會重新掉到地上來的。父親一邊顫抖一邊說他可以證明給我們看……父親的話被幾個農民聽到了，他們說，蘋果當然掉在地上，總不能飛到天上去。父親說，飛到天上是完全可能的，但在目前的情況下，只能掉在地上。父親隨後扔出了一顆石子，石子在半空畫了一道弧線，咚地一聲砸在了地上，還留下了一個坑。父親興高采烈地說，你們看，你們看，我的結論是正確的。父親的樣子真叫人擔心，不少人都說，右派分子一準中邪了。多年之後，父親從一本科學雜誌上第一次看見愛因斯坦和他的相對論，父親慢悠悠地對我說，這個大鼻子是正確的。我說，你算了，全世界能看明白這個的也就十來人。父親的臉上頓時傷心下去，望著我不語。父親臉上的悲傷擴散開來，宇宙一樣浩茫。父親大聲說，我不知道他是怎麼算出來的，但他的結論和我的看法一樣。父親真是瘋了。但父親是天才。讓我痛心的是，天才為什麼一定要降臨到他的身上。

我和天才父親曾有過一次爭吵，說來也是因了科學，那是恢復高考的第一年。我有我的偉大計畫，我要去讀歷史。父親大罵我糊塗，父親說物理才是你應當關注的現實。我瀟灑無比地說，你怕了？可我要跨出局限，我要研究人類！父親的回答真是匪夷所思，父親說，傻孩子，人類的歷史才是一個局限，無限只有宇宙，宇宙的歷史是什麼？是物理學孩子。

當父親的年過四十他們的話就狗屁不值了。我沒聽父親的。我沒有選擇該死的物理學。我對形而下沒有興趣。我選擇了歷史。我成功地閱覽了上下五千年。歷史可瞞不過我。我讀了很多書。我瞭解人類的來龍去脈。這句話差不多成了我的口頭禪。要不是林康我一直要讀到博士畢業的。我對自己的選擇歷來充滿自信。但大海粉碎了我。我開始重新審視父親。男人三十之後父親的現象會很突然地再一次高大起來，充滿滄桑，光芒萬丈。我面對無限空間與浩瀚海面對人類的歷史產生了前所未有的厭倦。我像痛恨嘔吐那樣憎恨起歷史與史前。藍天白雲飛鳥海平線安慰不了我。傷心奔騰起來，空闊包圍了我，我的靈魂變得孤立無助。長浪機械地、刻板地周而復始。我緬懷起我未竟的物理學。我仰起頭，湛藍的天幕上寫滿了宇宙密碼，那是物理學的全部要義，可我讀不懂。拿它們當浮雲看。我眼怔怔地看它們隨風而去。在海的夜我面對宇宙，宇宙讓我明白的只是我的一無所知。我失去了與宇宙平行面對的最後機緣。淒涼如海風一樣掠起我的頭髮，我能夠忍住眼淚，卻不能忍住悲傷。這是三十歲的男人承受痛苦的方式。一個又一個海之夜遠離我而去，大海把我遺棄給了白晝。大海的白晝是那樣荒蕪，沒有植物展示風，沒有固體參照距離，沒有生命演繹時間。我立在船舷，甚至找不到一樣東西來驗證自己。而此刻，歷史卻躲在圖書館地下室的密碼櫃裡，堆起滿臉皺紋，張大了缺牙的臭嘴訕訕冷笑。歷史用漢語、日語、英語、法語、俄語、德語、西班牙語、意大利語、葡萄牙語、克羅地亞語、印第安語大聲對我說，傻小子，你上當啦！我望著海水，水很團結。它們一起沉默，只給我一個背。

那個平靜優美的凌晨我完成了我的大海飄行。我帶著那張毛邊地圖隨船只靠泊大陸。是一個城市。是上海。晨風清冽，夜上海燈火通明。黃浦江倒映出東方都市的開闊與輝煌。一道又一道液體彩帶向我飄曳而來。上海把世上的燈盞都慣壞了，它們是大上海的女兒，美麗而又任性。東方欲曉，遠處布滿機車的喘息。大上海快醒了，它只在黃浦江的倒影裡打了個盹，就準備漱洗了，然後打開門，迎接世界。

這時候我身不由己地想起我奶奶。她此刻正安眠。她在她的夢裡。她老人家用最純正的楚水方言夢見了多年以前。我用眼睛認真地呼吸上海。我無限珍惜在黃浦江心對上海的審視角度。這是我奶奶婉怡無法獲得的視角。我的悵然與淒苦不可言傳。我就在奶奶的身邊。歷史就是不肯做這樣簡單的安排，讓我們見面。

在一盞路燈下我上了岸。上海這個城市給了我的雙腳以體貼的觸覺。我的身影狗屎一群趴在水泥路面上。我走了十幾步，踏上另一條街。路燈拉出了大街的華麗透視。滿街都是凌晨清冽。我的頭卻暈起來。路也走不好。我知道我開始暈岸。大陸和海洋是一對冤家。海洋認可你了，陸地就不再買你的帳。水泥路開始在我的錯覺裡波動，我的雙腿踩出了深淺。我的生物組織們早就吐乾淨大陸，完全適應了液體節奏。大陸真是太小氣了，它容不得人類的半點旁涉，你不再吐乾淨大海，大陸就決意翻臉不認人。我倒了下去，趴在紅白相間的隔離杆上，一陣又一陣狂嘔。我嘔出了鮮嫩的海鮮，它們生猛難再，以污物的姿態呈現自己。我看見零散的嘔吐物在水泥路面上艱難地蜿蜒，發出沖天臭氣，比拉出來還難聞。我不知道大陸為什麼要這樣。我的兩條腿空了，不會走路。我掙扎幾下，自己把自己撂倒了。我爬到路邊，在高層建築下的台階上和衣而臥。我的頭上是一盞高壓氖燈，我聞得見燈光的淡紫色腥氣。我閉上眼，汽車轟隆而過。我的背脊能感受到它們的震顫。大地冰涼，無情無義。我躺在夜的大馬路上，體驗到東方之都的冰涼溫度。我的眼淚滲出來，很小心很小心地往下淌。我仔細詳盡地體驗這種感覺，淚水就奔騰了，縱橫我的面頰，像我奶奶激動慌亂的指頭。

國家圖書館出版品預行編目資料

青衣／畢飛宇著．--初版．--台北市：麥田出版：城邦文化發行，2002〔民91〕

面；　公分．--（麥田小說；37）

ISBN 986-7782-07-0（平裝）

857.63　　　91016545

麥田出版

廣　告　回　郵	
北區郵政管理局登記證	
北台字第 10158 號	
免　貼　郵　票	

城邦文化事業(股)公司
100 台北市信義路二段213號11樓

請沿虛線摺下裝訂，謝謝！

麥田出版

文學・歷史・人文・軍事・生活

編號：RN5037	書名：青衣

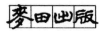

cité 城邦

讀者回函卡

謝謝您購買我們出版的書。請將讀者回函卡填好寄回，我們將不定期寄上城邦集團最新的出版資訊。

姓名：________________ 電子信箱：____________

聯絡地址：☐ ☐ ☐ ____________________

____

電話：(公) ____________ (宅) ____________

身分證字號：________________ (此即您的讀者編號)

生日：___年___月___日　性別：☐ 男　☐ 女

職業：☐ 軍警　☐公教　☐ 學生 ☐ 傳播業
☐ 製造業 ☐ 金融業 ☐ 資訊業 ☐ 銷售業
☐ 其他 ________

教育程度：☐ 碩士及以上　☐大學　☐專科　☐ 高中
☐ 國中及以下

購買方式：☐ 書店　☐ 郵購　☐ 其他 ________

喜歡閱讀的種類：☐ 文學　☐ 商業　☐ 軍事　☐ 歷史
☐ 旅遊　☐ 藝術　☐ 科學　☐ 推理　☐ 傳記
☐ 生活、勵志　☐ 教育、心理
☐ 其他 ________

您從何處得知本書的消息？（可複選）
☐ 書店　☐ 報章雜誌　☐ 廣播　☐ 電視
☐ 書訊　☐ 親友　☐ 其他 ________

本書優點：☐ 內容符合期待　☐ 文筆流暢 ☐ 具實用性
（可複選）☐ 版面、圖片、字體安排適當　☐ 其他 ______

本書缺點：☐ 內容不符合期待　☐ 文筆欠佳 ☐ 內容平平
(可複選)　☐ 觀念保守　☐ 版面、圖片、字體安排不易閱讀
☐ 價格偏高　☐ 其他 ________

您對我們的建議：

____